Os ratos

●●--●

Dyonelio Machado

Os ratos

posfácio
Davi Arrigucci Jr.

todavia

A Erico Verissimo

Os ratos 9

O cerco dos ratos,
por Davi Arrigucci Jr. 179

I

Os bem vizinhos de Naziazeno Barbosa assistem ao "pega" com o leiteiro. Por detrás das cercas, mudos, com a mulher e um que outro filho espantado já de pé àquela hora, ouvem. Todos aqueles quintais conhecidos têm o mesmo silêncio. Noutras ocasiões, quando era apenas a "briga" com a mulher, esta, como um último desaforo de vítima, dizia-lhe: "Olha, que os vizinhos estão ouvindo". Depois, à hora da saída, eram aquelas caras curiosas às janelas, com os olhos fitos nele, enquanto ele cumprimentava.

O leiteiro diz-lhe aquelas coisas, despenca-se pela escadinha que vai do portão até a rua, toma as rédeas do burro e sai a galope, fustigando o animal, furioso, sem olhar para nada. Naziazeno ainda fica um instante ali sozinho. (A mulher havia entrado.) Um ou outro olhar de criança fuzila através as* frestas das cercas. As sombras têm uma frescura que cheira a ervas úmidas. A luz é doirada e anda ainda por longe, na copa das árvores, no meio da estrada avermelhada.

Naziazeno encaminha-se então para dentro de casa. Vai até o quarto. A mulher ouve-lhe os passos, o barulho de abrir e fechar um que outro móvel. Por fim, ele aparece no pequeno comedoiro, o chapéu na mão. Senta-se à mesa, esperando. Ela lhe traz o alimento.

---

* Usar um artigo definido como regência da palavra "através" é um galicismo que está hoje em desuso [N.E.]

— Ele não aceita mais desculpas...

Naziazeno não fala. A mulher havia-se sentado defronte dele, olhando-o enquanto ele toma o café.

— Vai nos deixar ainda sem leite...

Ele engole o café, nervoso, com os dedos ossudos e cabeçudos quebrando o pão em pedaços miudinhos, sem olhar a mulher.

— É o que tu pensas. Temores... Cortar um fornecimento não é coisa fácil.

— Porque tu não viste então o jeito dele quando te declarou: "Lhe dou mais um dia!".

Naziazeno engole depressa o café que tem na boca:

— Não foi bem assim...

— "Lhe dou mais um dia", tenho certeza. "Isto é um abuso!" e saiu atirando com o portão.

— Não ouvi ele dizer "abuso"...

— Ou "desaforo"... Não sei bem...

A mulher receia também que o leiteiro lhes faça algum mal. Ele é um "índio" mal-encarado e quando chega, de manhã muito cedo, ainda os encontra dormindo.

— Não, nesse ponto não há o que temer.

— Mas, e se nos deixa sem leite...

Ele tinha acabado o café, o ar preocupado.

— Também tu fazes um escarcéu com as menores coisas.

Levanta-se. Tem o olhar inquieto. A mulher fita-o atentamente, como quem procura alguma coisa no seu rosto. Ele tem um relance de olhos para ela:

— Olha, já seria uma vantagem não ter nada que ver com "essa gente".

— Despachar o leiteiro?!

— Tu te assustas?

A mulher baixa os olhos; mexe com a ponta do dedo qualquer coisinha na tábua da mesa.

Ele se anima:

— Quando foi da manteiga, a mesma coisa, como se fosse uma lei da polícia comer manteiga. Fica sabendo que eu quando pequeno na minha cidadezinha só sabia que comiam manteiga os ricos, uma manteiga de lata, amarela. O que não me admirava, porque era voz geral que eles ainda comiam coisa pior.

Um silêncio.

Mexe nos bolsos; dá a volta à peça; vai até o cabide de parede, onde havia colocado o chapéu.

— Me dá o dinheiro — diz, num tom seco, torcendo-se para a mulher, enquanto pega o chapéu.

E voltando ao "seu ponto", depois de pôr no bolso os níqueis que a mulher lhe trouxera:

— Aqui não! É a disciplina. É a uniformidade. Nem se deixa lugar pra o gosto de cada um. Pois fica sabendo que não se há de fazer aqui cegamente o que os outros querem.

A mulher não diz nada. Voltara a esfregar uma qualquer coisinha na tábua da mesa.

Ele se para bem defronte dela e interpela-a:

— Me diz uma coisa: o que é que se perdeu não comendo manteiga, *isso*, que é mais um pirão de batatas do que manteiga?

Ela não responde.

— E o gelo?... pra que é que se precisava de gelo?...

Faz-se uma pausa. Ele continua:

— Gelo... manteiga... Quanta bobice inútil e dispendiosa...

— Tu queres comparar o gelo e a manteiga com o leite?

— Por que não?

— Com o leite?!

Ele desvia a cara de novo.

— Não digo com o leite — acrescenta depois — mas há muito esbanjamento.

— Aponta o esbanjamento.

— Olha, Adelaide (ele se coloca decisivo na frente dela), tu queres que eu te diga? Outros na nossa situação já teriam suspendido o leite mesmo.

Ela começa a choramingar:

— Pobre do meu filho...

— O nosso filho não haveria de morrer por tão pouco. Eu não morri, e muita vez só o que tinha pra tomar era água quente com açúcar.

— Mas, Naziazeno... (A mulher ergue-lhe uma cara branca, redonda, de criança grande chorosa)... tu não vês que uma criança não pode passar sem leite...

2

O Fraga não viu "nada", naturalmente. Lá está ele na porta da casa, do outro lado da rua. Parece que tem os olhos nele. Cumprimentar? não cumprimentar? O que o incomoda é que ele lhe vai responder o cumprimento com uma saudação entusiasta, saudação manhã-cedo.

Dá a impressão, o Fraga, de ter uma vida bem arrumada. O padeiro, o leiteiro, quando "voltam", depois de feita a distribuição, ficam algum tempo ainda conversando com ele. O mês já vai em meio e ele interrompe a palestra, chama a mulher: "— Não seria bom pagar esse homem hoje?" "— Não tem pressa, seu Fraga: ele aí está guardado..."

O bonde já se acha no fim da linha. No fim da linha, duas ou três quadras dali, é um amontoado de carroças de leiteiro e de carretas de lenha na frente dum armazém. Os leiteiros e os lenheiros tomam cachaça naturalmente. O "seu" leiteiro *tem* um ar de decisão e de insolência, encostado ao balcão, falando com os outros, gesticulando; depois sai... é o risco de um dorso vestido de camiseta muito justa cortando o ar... Pega as rédeas e abala, furioso...

O bonde mexeu-se! Das portas, num e noutro ponto, despegam-se os homens, abanam para trás, vão-se pôr nos postes brancos. Da casa contígua à sua sai um rapaz de uns vinte e cinco anos, o ar comedido. Cumprimenta a Naziazeno, um cumprimento sério, sem intimidade, enquanto a mulher por trás das vidraças parece que os observa.

Naziazeno veio até o meio da rua (o bonde já se aproxima). Se olha para a sua frente, o Fraga é capaz de falar-lhe: acham--se muito perto. Ele terá de fazer-lhe então uma cara de riso, o ar despreocupado. Depois, ao meio-dia, à sua volta, a mulher *já soube* pelas crianças, contou tudo ao marido, ele é capaz de ficar com uns beiços moles de espanto...

O moço seu vizinho, que espera o bonde quase a seu lado, relanceia-lhe às vezes um pequeno olhar. Sempre Naziazeno se intrigou muito com esse rapaz silencioso com cara de quem não vê e não compreende. Só muito tempo depois foi que soube que ele é empregado de escritório na "Importadora".

Talvez ele não compreenda "aquilo". Talvez não saiba o que imaginar. São tão diferentes... Ele nunca briga com a mulher, nunca levanta a voz... Talvez não compreenda... Naziazeno se sente mais a gosto. Passa-lhe pela cabeça que vai assumir uma atitude de cínico e isto um pouco o perturba. Mas quando o rapaz o fita de novo (ele já o fez várias vezes com regularidade naqueles poucos momentos) ele se firma naquela ideia, diante do seu olhar sereno e vazio, e ergue um pouco a cabeça, embebe-a no ar fresco da manhã.

Ele teme dar com os olhos no outro seu vizinho, o dos fundos. É um amanuense da prefeitura, tem mulher e filhos, anda sempre barbado. Quando Naziazeno foi morar ali, logo soube da fama que acompanha esse sujeito: "— Não paga ninguém!" Se ele agora aparecesse ali, lá viriam aqueles dois olhos, sabidos, de verruma, olhos devassadores...

Os melhores lugares do bonde estão ocupados. "— Apesar de tão cedo! É estranho..." Senta-se à extremidade dum dos bancos dos lados, no fundo.

O bonde leva uma "outra gente". Não a que ele está acostumado a ver, às nove ou dez horas, a "sua" hora. "— Melhor, melhor." Essa falta de "conhecidos" apazigua-o. "— A não ser que o amanuense..." Com efeito, o amanuense da prefeitura é madrugador, tem galos, todas as exterioridades dum sujeito ordenado como o Fraga. "— *Não paga ninguém*."

O amanuense na certa que infunde o seu receio. Nunca se ouviu uma altercação no seu pátio. Ele decerto franze a cara, diz duas ou três coisas com ar de honestidade incomodada, e é tudo. O *outro* bem sabe o valor *daquilo*, mas não discute mais, anulado numa atitude parecida com a do respeito... É só na carroça que o padeiro, que o leiteiro fazem os valentes, esbravejando, açoitando o burro. Mas o amanuense já está outra vez dando milho ao galo, a mulher perto, ainda *indignada*.

Como são diferentes!

Ele torce a cabeça, olha para fora. A cor da luz do sol é diversa de manhã, de tarde, à tardinha. Neste momento é doirada, e as sombras são azuis.

Agora, todos os dias, vai levantar àquela hora. Chegar cedo à repartição. Lá há de estar outra vez o Horácio conversando a uma das portas com o Clementino, conversa lenta, de coisas passadas, passeios, casos de cavalos, de sujeitos de outros lugares... O encanto que tem *essa* vida, que ele já supunha extinta, e que o Horácio e o Clementino, simples serventes, ainda conhecem...

Restabeleceram o condutor. Vai para algum tempo. Mas ele não esquece o fato, tão importante achou. O condutor aproxima-se. É bonachão. Aos que estão recostados na janelinha, modorrando ainda, sonhando com a paisagem em disparada, ele os desperta fazendo tilintar os níqueis na concha da mão, como uma velha matrona sacudindo milho para chamar as galinhas. O passageiro sobressalta-se, leva a mão atarantada ao bolso do colete, sob o olhar risonho do empregado...

Naziazeno mete também a mão no bolso dos níqueis. São dez tostões: uma garrafa, dois vidros de trezentos gramas (álcool) e dois menores (das poçõezinhas).

Parece incrível que na sua casa só havia uma garrafa vazia!

Ele guardava aqueles vidros de trezentos gramas. Sem propósito definido... Colecionismo... Essa palavra ele já a ouviu numa conversa entre médicos... Que representará em medicina?... Mas é certo, ele guardava esses vidros grandes, brancos, simpáticos. Nunca lhe ocorrera vendê-los, trocá-los por alguns níqueis: isso foi expediente da mulher. Nem eles lhe lembravam essa grande coisa: o combate, afinal vencido, que foi a doença do garotinho. A diarreia (de se sujar até quinze vezes "nas vinte e quatro horas" — expressão do médico)... a magreza e debilidade... os olhos caídos, tristes, profundos, de apertar a garganta da gente... E, por fim, aquela palavra terrível! terrível!

— Mas ele está mesmo atacado de *MENINGITE*, doutor?!...

— Não. Ainda não...

— Mas o senhor tem receio então...

— Nesses casos de desidratação, de desnutrição violenta, é sempre de recear...

— Faça tudo, doutor! Faça o que puder pra salvar o meu filho... O senhor não se arrependerá, doutor! esteja certo!... O senhor ganhará o que o seu trabalho vale...

Depois o menino pouco a pouco ganhando forças, ganhando carne, ganhando... E o pai mais terno com o filho do que nunca... Mais feliz do que nunca...

— Tu ainda não pagaste o doutor, Naziazeno...

"— Não paga ninguém."

O bonde continua a sua marcha, parando aqui e ali, entrando pessoas, saindo algumas, e uma dança de lugares quando uma ou outra sai.

Já Naziazeno tem um companheiro de banco, à sua esquerda, porque à direita se acha um dos espaldares em que ele se apoia. À sua frente, o outro banco lateral, igual ao seu, está se enchendo também. Um soldado, de pé, as pernas abertas, ampara-se, mais para o fundo, numa das colunas. Toda essa gente se enxerga, se observa. Alguns conversam.

O bonde a esta hora sempre vai cheio. Eu me admiro de ainda haver lugar.

— Que horas serão?

— Sete e meia passadas.

— Vou com atraso.

— A que horas você entra?

— Faltando um quarto pras oito.

Têm o tipo de empregados de balcão. Naziazeno mesmo parece já ter visto aquelas caras. Talvez no próprio bonde, quando voltam ao meio-dia.

— Que é que você leva aí? — diz um deles e aponta com os olhos pra um certo objeto que o outro com a mão diligencia por introduzir melhor no bolso de trás da calça.

Naziazeno também olha, e sente um mal-estar vago e indefinível, quando o outro esclarece:

— Leite. É o meu almoço.

"— Como é que um homem pode se contentar apenas com um vidro de leite ao meio-dia?" — pensa Naziazeno. O olhar do "leiteiro" ameaçando-o, insultando-o, e que ele sustenta mal, aparece com nitidez na face atrigueirada, sobre o pescoço forte que emerge da camiseta muito justa...

— E de manhã que é que você toma?

— Churrasqueio.

Naziazeno observa melhor o indivíduo: ele tem mesmo o ar de pessoa de fora, de gente da campanha. A pele é trigueira, cheia de rugas. Parece homem de quarenta anos. Tem o cabelo todo preto e liso, como de índio.

Certamente não mora na linha do bonde. Habita uma pequena chacrinha, onde possui a sua criação. Tudo é relativa fartura lá. Dinheiro não há de ter, *dinheiro*: mas tem a despensa cheia. A casa produz: galinhas, um que outro porco, frutas etc.

Aquela cara também inspira respeito, aquela cara de olhar moroso, que traduz uma compreensão lenta e firme. Naziazeno tem medo que lhe *leiam* na cara essa *compreensão de tudo*, essa inteligência das coisas, miserável e aviltante, que tem por exemplo o Duque. — Ele na frente do seu leiteiro parece que possui a cara do Duque, o olhar como que se lhe fica evasivo, ele parece que está mentindo em cada palavra verdadeira e angustiante que profere...

Passam carroças de padeiro e de leiteiro, algumas à disparada, meio pendidas para trás, a figura curva do carroceiro açoitando o animal. A "carroça" que ele tem dentro como que se justapõe a essas que por ali transitam: é sempre o mesmo quadro — um rapagão mal-encarado fustigando o burro, possesso...

Naziazeno está cansado. O olhar que, de longe em longe, quando *desperta*, lança ao seu redor há de ter esse cansaço, porque sempre respondem a esse olhar com um olhar de curiosidade.

Os "amigos", no banco fronteiro, conversam:

— Ouvi dizer que o bétin do domingo não saiu.

— Quem que disse? Saiu sim.

Naziazeno quanta "esperança" já depositara no *betting*... aos sábados era certo munir-se da sua cautela. Tinha um companheiro, o Alcides. Às vezes, quando a crise apertava, faziam sociedade. Um dia tinham tido um susto: faltava conferir apenas um páreo, o primeiro do jogo. Alcides começara por longe, pelo último: *Macau*! Tinha acertado um! E se dá?... Um turbilhão enche-lhe a cabeça. Vamos ver! Vamos ver! O outro! — o outro também, a égua *Singapura*, o grande azar do penúltimo páreo, o seu azar! Alcides levanta-se da mesa. Tem medo de prosseguir, medo mesmo de acertar. Quase desejava *ter já* errado, acabado aí essa ilusão torturante. Ele ainda se encaminha em direção ao grande quadro-negro pregado numa das paredes do café, o passo vago, como num sonho. Mas logo se reincorpora, decidido: e foge dali, não quer saber mais nada, quer ocultar-se, e é assim que encontra o amigo.

Esse susto foi memorável.

Não saiu o do outro domingo.

Pequena pausa.

— O "bolo" então estava grande.

Naziazeno entrara em *bettings* que chegaram a render oito ou dez contos. Bons *bettings*...

— 5:735$000.

"— O movimento está diminuindo" — observa mentalmente Naziazeno.

— Tiraram muitos?

— Cinco: um conto e tanto *per capita*.

Nova pausa.

— Você esteve lá?

— Não: não aguento aquela xaropada.

Naziazeno, porém, está no prado. É uma tarde comprida. Cheia de pausas, de ócios, de intervalos. Uma pontinha de enxaqueca. De quando em quando a lufada dos cavalos. O entusiasmo, que cresce muito, depois se atenua, até cair noutra pausa, noutro intervalo, seguido doutra lufada...

— Eu só gosto de carreira em cancha reta.

Muito mais divertido.

Ele se recorda bem e, demais, o Horácio e o Clementino falam muito nessas carreiras. Sempre saem brigas. O Horácio conheceu um sujeito muito esperto, que armava botequim numa barraca ao lado da cancha. A barraca, bebidas, copos iam numa carroça, puxada por um cavalinho de pelo pelado aqui e ali. Depois das corridas principais, atam-se carreiras menores. O sujeito sempre achava quem quisesse correr com o seu matungo de pelo pelado. Quantas corresse, quantas ganhava: o espertalhão disfarçara em matungo puxador de carroça um parelheiro...

Essa história agora lhe causou um mal-estar. Ele mesmo não *vê* bem a figura do cavalinho, confundida com a dum burro em disparada. Sente uma amargura doída dentro de si, na altura do peito e do estômago; uma espécie de ânsia e de náusea.

E outra vez a figura superior e inquietante do leiteiro... e as palavras da mulher a metralharem tranquilamente os seus ouvidos: "— Porque tu não viste então o jeito dele quando te declarou: *Lhe dou mais um dia!*"

Também a sua mulher com os outros é tímida, tímida demais. Fosse a mulher do amanuense, queria ver se as coisas não marchariam doutro modo. Ela se encolhe ao primeiro revés. Foi esse ar de ingenuidade, de *fraqueza* que o tentou, bem se recorda. E como não havia de se recordar, se é ainda esse mesmo ar de fraqueza, de pudor, de *coisa oculta e interior* que lhe alimenta o amor, a voluptuosidade? Mas é um mal na vida prática. Ele precisava dum ser forte a seu lado. Toda a sua decisão se dilui quando vê junto de si, como nessa manhã, a mulher atarantar-se, perder-se, empalidecer. É o primeiro julgamento que ele recebe; a primeira censura aos seus atos, os quais começam, pois, por lhe parecerem irregulares, ilícitos. Sentir-se-ia fortificado, ou ao menos "justificado", se visse a seu lado a mulher do amanuense franzindo a cara ao leiteiro, pedindo-lhe pra repetir o que houvesse dito, perguntando-lhe o que é que estaria porventura pensando deles. A sua mulher encolhida e apavorada é uma confissão pública de miséria humilhada, sem dignidade — da sua miséria.

O bonde, que deslizava numa corrida vertiginosa, para de súbito, travado com força. Há um meio tumulto dentro do veículo, com os passageiros lançados para a frente, os bancos desarticulando-se. Ouve-se a voz ralhada do motorneiro, praguejando para fora, para alguém que ainda se encontra na frente do carro. Alguns passageiros já estão levantados, curiosos. Naziazeno espicha o pescoço com atenção quase indiferente e chega a ver o casal de garotos, *causa* daquilo, ele e ela, pequeninhos, presos pela mão, os olhos apavorados, escapando do perigo com um ar de confusão estúpida.

— É um perigo, essas crianças...

— Os pais é que mereciam...

— Querem perder as pernas — comenta o motorneiro, meio voltando-se para os passageiros, a voz ainda alterada, o bonde já em marcha. — Aqui nesta cidade se conhece facilmente os moradores das linhas de bondes: os que têm mais pernas, têm uma...

Risos.

Naziazeno mal percebe o que diz o motorneiro. Há um estribilho dentro do seu crânio: "*Lhe dou mais um dia!* tenho certeza"... Quase ritmado: "*Lhe dou mais um dia!* tenho certeza"... É que ele *está-se* fatigando, nem resta dúvida. A sua cabeça mesmo vem-se enchendo confusamente de coisas estranhas, como num meio sonho, de figuras geométricas, de linhas em triângulo, em que há *sempre* um ponto doloroso de convergência... *Tudo* vai ter a esse *ponto*... Verdadeira obsessão. O sinal de campainha do interior do bonde leva-o à repartição, à campainha do diretor repreensivo, e deste — *ao Leiteiro!* Passa-se um momento de intervalo. Ouve-se depois uma palavra trivial; e é nova ligação angustiosa: o "sapato" *traz* o sapato desemparceirado da mulher (o outro pé o sapateiro não quer soltar) e o todo reconstitui outra vez — *o Leiteiro!* Decorre um certo tempo, longo talvez, em que a sua cabeça se vê riscada tumultuariamente das linhas mais inquietantes: o jardim que os seus olhos afloram e mal enxergam na disparada do bonde faz um traço com um plano antigo e ingênuo dum jardim para o filho, para o filho, "o pobre do nosso filho que não tem onde brincar", "que não pode ficar, Naziazeno, não pode ficar sem..." *O Leiteiro!... o Leiteiro!* Há, por vezes, um alívio. É só a existência vaga e dolorosa duma *coisa* que ele sabe que existe, como uma vasa, depositada no fundo da consciência, mas que não distingue bem, nem quer distinguir... um sofrimento confuso e indistinto pois... Logo porém cortam-se outra vez linhas nítidas, associações triangulares bem definidas.

Dorso redondo de passageiro descendo do bonde — traço claro de dorso riscando o ar na "escadinha": o Leiteiro!

A placa (a conhecida placa) no consultório do entroncamento — "Tu ainda não pagaste o doutor, Naziazeno" — *o Leiteiro!*

Ideia de desembarcar no mercado, imagem do Duque *rondando* o café — o Leiteiro... Leiteiro...

As "linhas" *unem* os "pontos", como num quadro-negro de colégio: "Liguemos os pontos *a* e *a linha*... os pontos *a* e *a linha* ao ponto *o*...".

Naziazeno suspira cansado.

E a sua volta para casa?... meio se interroga, numa espécie de névoa de reflexão.

(Para a "casa" — "*Lhe dou mais um dia!*" — mais um dia... um dia!...)

3

Como se desse um pulo, todo o seu interesse é agora, explosivamente, para esses cinquenta e três mil-réis do leiteiro!

O bonde ainda não parou, e ele já está maltratando a porta de saída com pequenos pontapés impacientes. Atravessa a praça; não olha para os lados. Uma "decisão" anterior, mal definida e mal aceita, o conduz todavia para o mercado, para o café da esquina. Pouca gente, caras "novas". É que é cedo. Não contava com isso. Todos os consumidores têm um ar grave e matinal; tomam o café com leite com cara ainda estremunhada, o chapéu repousando numa cadeira, o olhar nos aspectos agradáveis da rua.

Aquele "repouso" convida-o a sentar. Um cafezinho?... São dois tostões, a bem dizer metade das suas disponibilidades. É necessário prudência, prudência. Ele bem sabe o valor de dois tostões numa situação assim.

Sente-se outro; tem coragem; quer lutar. Longe do bonde (que é um prolongamento do bairro e da casa) não tem mais a "morrinha" *daquelas* ideias... Naquele ambiente comercial e de bolsa do mercado, quantos *lutadores* como ele!... Sente-se em companhia, membro lícito duma legião natural.

O Duque... Sim: o Duque por exemplo, um batalhador. Tem a experiência... da miséria. Não recomenda a sua companhia (e o próprio Duque o sabe). Mas como acompanha com solicitude o amigo em situação difícil ao agiota ou à casa dos penhores. É ele quem fala. Se há uma negativa dura a fazer, o agiota não se constrange com o Duque: diz mesmo, diz tudo, naquelas ventas sovadas de cachorro sereno. Uma providência o Duque...

Naziazeno, numa das esquinas, olha rapidamente em torno como se procurasse orientar-se. Mas nada vê. É o pensamento que se agita e arrasta a cabeça nos seus movimentos. Ele procura "visualizar" bem a ideia de ir ter com o Duque.

Mas, espera: que horas serão? Não há mais tempo agora; é preciso ir direito à repartição. Foi o seu primeiro plano, e é força segui-lo.

Impossível que o diretor não o desaperte. Cinquenta e três mil-réis... sessenta, arredondando. Já uma vez emprestou-lhe vinte, com toda a boa vontade, logo após a sua nomeação para o cargo.

Sim, Naziazeno sabe que os empregados mais graduados troçaram respeitosamente o diretor, que este (que é um moço) meio encabulou, alegando que não conhecia o caso, que era ainda estranho ao meio, que "noutra" não cairia, pois era realmente qualquer coisa assim como censurável estar cultivando esses exemplos de desregramento ou de perdularismo sistemáticos...

Isso disse o diretor, mas pra safar-se daquele momento um tanto crítico.

"— Fico ainda lhe restando cinco mil-réis, doutor."

"— Estamos quites!", havia-lhe respondido o outro, tomando o dinheiro, precipitadamente, sem fitá-lo, a cara mergulhada no vão da sua secretária de cortina.

"— Não sei como lhe agradecer, doutor. Eu já lhe disse, o médico exigia umas injeções. O seu dinheiro foi uma providência pra o meu filhinho."

"— Sim! está bem! pode retirar-se! — Já sabe: não me deve mais nada. Fique com esses cinco."

"— Oh! muito obrigado, doutor..."

Ele estava certo, certíssimo, que era só "agarrar-se" com o diretor.

O relógio da prefeitura marca pouco mais de oito horas. Vem-lhe um quadro: a repartição toda aberta, vazia, e encostados a uma porta que dá pra uma areazinha com piso de tijolo Horácio e Clementino desfiando histórias lentas, antigas. Naziazeno sente-se todo trepidação, ainda. Mas já não tem muito entusiasmo em chegar logo à repartição, abordar o diretor. Nem ele há de cumprir logo assim, sem exame, aquele plano de chegar sempre cedo à repartição. É a hora da limpeza. Horácio e Clementino, serventes privilegiados, ficam ali... mas sempre lhe causou certa repugnância e qualquer outra coisa mais ver o velho Jacinto, curvo, com as abas do capote varrendo o chão, varrendo tudo, a trazer as pencas de escarradeiras, o ar atarantado e fantástico, e ir colocando-as nos seus lugares, sob o olhar fiscalizador e vulgar do Clementino...

Para "encher" esse tempo que lhe falta, há uma alternativa: sentar na praça, entrar no café. Sentar num banco da praça é *esfriar*, perder aquele "impulso". O café é o rebuliço. Pra o café, pois.

Do café do mercado a esse outro café, foi-se-lhe boa parte da prudência, bem nota ele. A cautela de poupar dois tostões, a possibilidade de se tirar de dificuldades com dois tostões não são dele (isto é que é exato): — é *plano* do Duque. É de ver como o Duque multiplica um simples *nicolau*... Uma das suas primeiras "esperanças" essa manhã foi o Duque. O seu *gênio* o protegia e o inspirava... Mas ele agora bem pode soltar esse níquel. À medida que rememora a pessoa do diretor, vem-lhe a confiança no *seu* plano.

O *seu* plano sempre é simples: é o recurso amigo, a solidariedade. Quem não o compreenderia?... Inegável, essa superioridade do Duque: o Duque é o agente, o corretor da miséria. Conduz o *negócio* serenamente. Tem a propriedade de despersonalizar a *coisa*. Depois de pouco tempo, toda a sua vida — Naziazeno reconhece — está devassada: a doença, a mulher, o filho. Com o Duque, não. Ele olha muito, ouve muito, aparece muito, mas só diz uma ou outra coisa, só o necessário e o *viável*.

"— Este relógio ainda está marcando 8h10."

Os relógios não andam certos. Mas já há de ser umas 8h20 ou 8h30. Às 9h ele se encaminhará pra a repartição.

Se ainda tivesse um jornal...

Além do mais, um jornal é útil, numa "situação dessas". É pelo menos o que pensa o Duque, que sempre percorre certos anúncios do jornal... Mas não, ele não saberia tirar coisa nenhuma do jornal. Era comprar pra ler, ler a política.

Quanto custa um jornal?... É estranho, está em dúvida... Duzentos ou trezentos? A sua cabeça anda cansada, é isto. Mas não se lembra bem mesmo. Parece que é trezentos: sofreu dois aumentos — o primeiro pra duzentos réis, depois pra trezentos. — É caro.

Já se lhe foram quinhentos réis... — Um medo o invade, então! Mas é passageiro, e outra vez está ali com ele a sua confiança.

"— Doutor, vejo-me outra vez forçado a recorrer..." Não! isto é vago, *geral*. Deve dizer o fato, o que se passa. "— Doutor, imagine a minha situação, o meu leiteiro..." Não! Não! Trivialidade... uma trivialidade... "— O meu filho, doutor!..." — Outra vez o teu filho, Naziazeno... sempre o teu filho...

Um gelo toma todo o seu corpo. Gelo que é tristeza e desânimo. Voltam-lhe as cenas da manhã, o arrabalde, a casa, a mulher. Tem medo de desfalecer nos seus propósitos. Acha-se sozinho. Aquela multidão que entra e sai pela enorme porta do café lhe é mais do que desconhecida: parece-lhe inimiga. Já acha absurdo agora o *seu* plano, aquele plano tão simples. Quando pensa em pedir ao diretor sessenta mil-réis emprestados — *sessenta!* — chega a sentir um vermelhão quente na cara, tão despropositado lhe parece tudo isso. "— Sessenta mil-réis! um ordenado quase!... É isso coisa que se peça?!"

Não! Está a ver o diretor, tirando o dinheiro do bolso, entregando-lho num gesto quase furtivo, sem olhá-lo, como quem tem pressa...

Puxa o níquel.

Ele não vai levantar já, mas é preciso pagar a despesa, não vá um conhecido aparecer. Põe o níquel debaixo da borda do pires, bem à mostra pra o amigo que venha aumentar a despesa, bem oculto pra o garçom, que não vendo que o café se acha pago não virá levantar a louça. Porque ele ainda quer ficar ali mais uns vinte minutos. Depois, se tocará devagar pra a repartição. Chegando às nove e um quarto mais ou menos, chega bem. Já houve tempo do diretor atender a primeira fornada de papéis. À hora do cafezinho — 9 e meia — ele está sempre só. É esse o momento...

— Café?

— Não. Já tomei...

O garçom põe a xícara servida na bandeja, ao lado de outras. Recolhe o níquel. Com um giro do guardanapo limpa o tampo da mesinha. Enquanto isso, os cotovelos meio levantados, Naziazeno olha por cima a rua, lá longe, através a grande porta.

Tem agora à sua frente um tampo luzidio de mármore. Vazio. Só o cilindro do açucareiro. Falta-lhe um apoio. Levanta-se. São 8 e meia quase no relógio do café. Se fosse até o cais?

4

Nove horas! Já está arrependido daquela longa "folga". Parece-lhe tarde agora. Daí que chegue à repartição, perde mais uns dez ou quinze minutos. O diretor pode ter saído, pode ter "ido falar com o secretário".

Apura o passo.

À medida que se aproxima o "momento decisivo", cresce o desejo de "resolver de um todo" aquele negócio. Já cansou bastante a cabeça desde que saiu da cama. O dinheiro no bolso, desde agora, é o descanso, que ele bem merece pra o resto do dia.

Cinco, dez, quinze minutos mais e se acaba essa preocupação torturante. Ele tem experimentado muitas vezes essa mudança brusca de sensações: a volta à vida do filho, quando esperava a sua morte... E outras. Está num momento desses. O dinheiro do diretor vai trazer-lhe uma enorme "descompressão". Solucionará *tudo*, porque — é o seu feitio ou o seu mal — ele faz (desta vez, como de outras) *deste negócio* — o ponto único, exclusivo, o *tudo* concentrado da sua vida. Pago o leiteiro, o mundo recomeçará, novo, diferente. Assim foi quando da volta do filho à saúde.

"— Eu já saí vinte e duas vezes a barra!" — O sujeito dizia isto como testemunho da sua experiência. Sair a barra... Depois, o mistério do oceano... Os marinheiros do grande cargueiro alemão, debruçados lá em cima na amurada, olham para o sujeito cá embaixo e para a "estranha luzinha", alternativamente. Têm um sorriso sereno. O indivíduo fala com eles em alemão. Está certamente em "visita". Naziazeno viu-se inopinadamente interpelado ao passar: "— Não pode me dizer o que é aquilo lá no céu?" — Uma luz, uma estrelinha um pouco acima da Igreja das Dores; parece um contacto de fios. "— Naquela altura!... Olhe, aqui onde estou já saí vinte e duas vezes a barra. Não penso que seja um simples contacto." — A luzinha às vezes se apaga. É lívida, na manhã luminosa. — Que será mesmo?

O cargueiro alemão estava batido das vagas, com grandes retalhos de vermelho zarcão.

A luzinha Naziazeno, de volta do cais, ainda a acompanha, no seu pisca-pisca, até que, num ângulo de rua, ela desaparece, oculta no casario.

Ele não pode deixar de se figurar a sua entrada no gabinete. O diretor "está" só, escrevendo, a cabeça enterrada no vão da escrivaninha de cortina. "— Dá licença?" "— Entre." "— Doutor..." "— Eu compreendo essas coisas, Naziazeno." — O diretor tem a voz suave. Ele é moço.

Com os sessenta mil-réis "no bolso", ele quase que "sente" remorsos. Devia "ter pedido" os cinquenta e três exatos. Para ficar na verdade, na estrita verdade. Como compensação, "gasta" essa diferença em coisas úteis, pra a casa...

É preciso ocultar à mulher o modo como "conseguiu". Chega e entrega-lhe o dinheiro, ante a boca grande que ela abre. Se ela fizer perguntas, arruma-lhe com umas evasivas. Ele não pode perder o prestígio de marido, que vai, vira e cava. Ela fica assim imaginando o "esforço", e ele está *quite* com ela e com todas aquelas humilhações...

Passa o Cipriano, numa lufada, levando o auto do diretor. Olha-o, enxerga-o, mas nem o cumprimenta. Todos esses *chauffeurs* de repartições são insolentes. Os chefes lhes dão muita "ganja"...

Que teria havido? Onde vai o Cipriano com o "49"?

A entrada das obras é guardada por um velho porteiro, homem ranzinza, antipático.

— Bom dia, seu Júlio.

Naziazeno se julga "em débito" com os homens, desde que vai ser salvo pela bondade dos homens. Ele é todo humanidade, solidariedade. O cumprimento que dirige a seu Júlio é acariciador.

A repartição fica lá no fundo, num sobrado. Todo aquele recinto foi-se alterando aos poucos, invadido pelas "obras". Das antigas casas, só ficou aquele grupo, dominado pelo sobrado da repartição.

O caminho é aberto entre maquinarias, materiais, ferros. Muita coisa se deteriora à intempérie.

Naziazeno chega à porta da repartição, à escada. O "capataz" vem descendo, sem casaco, a camisa muito limpa, estufada pela barriga redonda. Uma corrente, em arco, de ferro branco e lustroso, parte do cinto, sobre a frente, e vai-se perder num dos bolsos da calça, com as chaves. O capataz tem uns papéis na mão.

— O diretor está?

— Não veio ainda.

Não chega a ser um contratempo. Ele mesmo estava agora desejando adiar um pouco o instante de abordar o "homem". Está confiante, mas nervoso — um tanto "gasto de nervos".

O Horácio prepara o cafezinho. Desde que o governo suspendeu a verba pra o cafezinho, que este é custeado pelos funcionários. Custa um tostão. Naziazeno não quer café. Já tomou um há pouco.

Ele se dirige para a sua carteira. Na sala, pequena, trabalham mais dois: o primeiro escriturário e o datilógrafo. Ambos muito quietos. O primeiro escriturário confere contas. É um serviço que faz há muito tempo. Dispõe de grande prática. Faz cálculos, usa tinta encarnada, bate muitos carimbos. Depois, quando tem já um grupo de contas respeitável, ergue-se e repassa-as uma a uma (com todas as suas "primeiras", "segundas" e "terceiras vias") nos dedos — que ele a cada passo molha nos lábios com um certo ruído. — O datilógrafo, quando não está "batendo", lê um livro, aberto dentro da gavetinha ao lado.

Naziazeno interroga o datilógrafo:

— O diretor saiu?

O funcionário levanta os olhos do livro, relanceia-os lentamente pela janela, pousa-os no escriturário:

— Está na secretaria — responde este, sem interromper a conferência das contas.

"— O Cipriano certamente foi buscá-lo. Não tarda estará aí" — conjectura mentalmente Naziazeno.

O trabalho de Naziazeno é monótono: consiste em copiar num grande livro cheio de "grades" certos papéis, em forma de faturas. É preciso antes submetê-los a uma conferência, ver se as operações de cálculo estão certas. São "notas" de consumo de materiais, há sempre multiplicações e adições a fazer. O serviço porém não exige pressa, não necessita "estar em dia". — Naziazeno "leva um atraso" de uns bons dez meses.

Ele hoje não tem "assento" pra um serviço desses. É preciso classificar as notas, dispô-las por ordem cronológica e pelas várias "verbas", calcular; depois então "lançá-las" com capricho, "puxar" cuidadosamente as somas... Ele já se "refugiou" nesse trabalho em outras ocasiões. Era então uma simples contrariedade a esquecer... uma preterição... injustiça ou grosseria dos homens... Mesmo assim, quando, nesses momentos, se surpreendia "entusiasmado" nesse trabalho, ordenado e sistemático como "um jogo de armar", não era raro vir-lhe um remorso, uma acusação contra si mesmo, contra esse espírito inferior de esquecer prontamente, de "achar" no ambiente aspetos compensadores, quadros risonhos... Todos aqueles indivíduos que lhe pareciam realizar o tipo médio normal eram obstinados, emperrados, não tinham, não, essa compreensão inteligente e leviana das coisas...

"— O diretor foi diretamente da casa à secretaria. É isso." Com esta reflexão, Naziazeno, longe de se tranquilizar, fica um tanto inquieto. Porque tal coisa só acontece quando há assunto importante e demorado. É exato que o Cipriano foi buscá-lo...

— O Cipriano foi buscar o diretor? — Naziazeno faz a pergunta com esse tom vago, de quem não faz muita questão de saber, de quem, no fim de contas, se desinteressa pelo objeto da pergunta.

— O diretor mandou o *chauffeur* ir buscá-lo?...

As respostas não são precisas. Há mesmo quem não veja o Cipriano há mais de uma semana. Clementino supõe que ele tenha ido de fato à secretaria. Só não sabe se a chamado do diretor.

Clementino "atende" o gabinete. Está ao pé da porta, todo ouvidos à campainha dos telefones.

Os telefones do gabinete habitualmente tocam muito. Principalmente o da rede interna. Ele distingue um do outro facilmente pelo som.

Naziazeno se acha a seu lado. O seu desejo é voltar àquele assunto:

— Cipriano ia um tanto rufado...

— Qualquer dia ainda rebenta o "49".

E a conversa esfria.

Tine, depois dum momento, a campainha do chefe de secção, o imediato do diretor. Clementino vai ver do que se trata. Naziazeno fica sozinho naquela saleta, lugar de passagem, que às vezes também serve de sala de espera.

Passa já das nove e meia.

O servente está outra vez de volta. Mal se encosta porém no seu portal, retine um dos telefones. Ele mergulha no gabinete, fendendo o pesado reposteiro com as cores nacionais. Naziazeno percebe que ele tem uns "— Sim, senhor! — Sim, senhor!" solícitos e atarantados. É o diretor na certa!

— É o diretor? — pergunta-lhe, quando ele aparece à porta. O servente, sem se deter, faz-lhe um sinal afirmativo.

— Vem agora?

Clementino diz-lhe, sempre caminhando:

— Está chamando o chefe de secção.

Naziazeno hesita um momento. Vai porém até a sua sala. O datilógrafo está lendo o seu livro, a cabeça torcida, sereno. O primeiro escriturário tem um resmungo, feito de algarismos e de verbas. Naziazeno aperta com o tinteiro, régua etc., os papéis que pusera sobre a carteira. Deixa mesmo aberta a gaveta das notas, onde vai empilhando aquelas que vão sendo por ele lançadas. — Pega do chapéu e sai.

5

O *seu plano* começa a abalar-se. Às primeiras dificuldades aparecidas, aquela confiança cega se esvai. Vem-lhe outra vez à ideia tudo quanto há de inviável nele. Admira-se mesmo de haver posto toda a sua esperança *nesse* empréstimo. Duque procederia doutro modo: cavaria. É o que ele não sabe fazer. Parece-lhe mais digno pedir, exibir uma pobreza honesta, sem expedientes, sem estratagemas. Entretanto, quando reflete no *trabalho* do Duque, acha-o superior, superior sobretudo como esforço, como combate...

O Duque há de orientá-lo. Ele não põe de parte o *recurso* ao diretor. Absolutamente! Este, pelo visto, ainda se demora na secretaria. É o tempo que ele vai empregar naquela fuga até o centro...

Encaminha-se para o mercado, para esse café da esquina, de que o Duque fez o seu campo de ação, a sua "bolsa".

Já sabe a pergunta que o Duque vai dirigir-lhe, a primeira: se não tem nada pra empenharem. É por onde o Duque começa. Depois, pouco a pouco, o seu plano vai tomando corpo, tomando vulto, até que chega a um resultado. — Ele deposita muita esperança no Duque, mesmo muita!...

Não, não tem nada pra empenhar. Nunca teve, é o que é verdade. Apenas aquele relógio — já hoje perdido para sempre. A não ser que tire a roupa do corpo...

Quem sabe?... talvez o próprio Duque o desaperte... Ele às vezes cava uns dinheiros mais grossos... Se não tudo... Não! tem de ser tudo! Nesse ponto não há hesitação nem transigência... Ele quer esperar o seu leiteiro, apresentar-lhe os 53$000, dizer-lhe: "— Aqui está o seu dinheiro". — E nem mais uma palavra.

Quando, depois de "pagar" o leiteiro no portão, ao pé da "escadinha", "entra" de novo em casa, as janelas estão cheias de luz, a toalha enxovalhada da mesa resplandece, o café com leite tem um cheiro doméstico, que lhe lembra a sua infância...

À medida que se aproxima do centro, vai encontrando caras graves, em indivíduos relativamente novos, bem-vestidos, rápidos e preocupados. Fazem uma estranha ronda através os bancos, os cartórios etc. Parecem andar sempre prontos pra uma festa, o rosto bem escanhoado. Estão simplesmente trabalhando — "negociando". Seus rostos, bem de perto, têm uma cor de insônia e um arco machucado em torno dos olhos. Há mesmo uma espécie de concentração melancólica do olhar que lhes dá um vago ar de velhice. O seu trabalho "rende". Naziazeno os "vê" à tardinha, depois de chegarem à casa — essas casas novas, higiênicas, muito claras. A mulher é um ser delicado e lindo. Recosta-se no espaldar da cadeira onde "ele" está sentado. E um e outro sorriem para os filhos, corados e loiros nas suas roupinhas claras...

Naziazeno vai andando...

É a segunda vez que consulta o relógio da prefeitura essa manhã. Esse relógio, lá no alto, na torre, parece-lhe uma cara redonda e impassível...

Já pôs o pé na calçada do mercado. O "café do Duque" fica na outra esquina. Toda essa calçada é uma sombra fresca e alegre, cheia de passos, de vozes. Quando defronta o portão central, abre-se-lhe, lá dentro, uma perspectiva de rua oriental, cheia de bazares, miragem remota de certas gravuras... ou de certas fitas... que viu.

Não enxerga o Duque nos lugares habituais... E entretanto é a "hora dele". Vai ficar por ali, pelas portas, alguns minutos.

Ele não poderá tardar. Nunca deixa de ir a esse café. Só por doença.

Naziazeno bem que sentaria. Quem sabe?... talvez haja um conhecido nalguma mesa... Olha!... lá no fundo!... o Carvalho... Mas desvia vivamente a cara, faz que não vê o Carvalho. E esse seu gesto lhe traz à lembrança um gesto semelhante, essa manhã, com o Fraga... Está vendo, *nitidamente*, o Fraga na porta da casa, bronco e sorridente. Ele por sua vez "teria" de fazer-lhe uma cara de riso também. Depois, a mulher *sabendo tudo* pelas crianças e contando-o ao marido... e o Fraga deixando cair quase até o grosso ventre uns beiços moles de espanto...

— Sueto ou feriado?

Naziazeno olha pra o Alcides com o olhar vago e triste com que "fitava" o Fraga.

— Vem me pagar um café. — E Alcides arrasta-o para dentro.

6

Havia momentos a conversa tinha esfriado. Alcides, à sua frente, olha, longe, a rua. Naziazeno acompanha, meio furtivamente, os gestos do Carvalho, que se prepara para sair. Já tirou o *porte-monnaie* do bolso de trás das calças, torcendo-se um pouco; tornou a colocá-lo onde estava, depois de o examinar com o olho bem metido dentro dele, e puxou uma cédula dum dos bolsos do lado da calça, torcendo-se ainda mais. O garçom, a seu lado, sereno, mas com um certo grau de impaciência latente, faz rapidamente o troco, mal lhe cai o dinheiro nas mãos. Vai tirando as moedas de vários bolsos e depondo-as no mármore da mesa. Carvalho, a cabeça baixa, *confere*, separando-as com um dedo, como uma cozinheira "escolhendo" feijão na tábua da mesa. Destaca uma moedinha, que põe de parte, com dedo moroso. Recolhe o resto. Pega da bengala e dos jornais que colocara numa cadeira ao lado e levanta-se, relanceando um olhar pelo café, olhar que vem "ferir" o rosto de Naziazeno, que estremece, como se um jato de holofote subitamente o iluminasse. Desvia precipitadamente a cara; põe-se a olhar para o Alcides. A figura porém do Carvalho avança pouco a pouco na franja do seu campo visual; é apenas um vulto negro e alto, avançando cadenciadamente. Seus passos soam já... Naziazeno mantém o pescoço duro... Qualquer relaxamento de músculos põe-no cara a cara com o outro... Está começando a sentir um calor no rosto... Os passos são mais sonoros... Alcides volta-se lentamente para trás, na direção deles...

— Bom dia.

— Bom dia!

— Bom dia, Carvalho!...

... E os passos agora cada vez ressoam menos... menos... extinguem-se...

A onda de calor foge progressivamente do seu rosto. Naziazeno tem a impressão de haver mergulhado a face na água fria. Acha-se um pouco trêmulo.

Alcides ali à sua frente, ele não se sente tão só. A cara deslavada e ausente do outro bem podia passar por ingênua. Ele curvava um pouco o tórax para diante, olhava em frente, as feições iguais, como de quem dorme. Quando tirava o olhar dum foco para colocá-lo num outro, fechava habitualmente os olhos, como quem faz um "entreato" entre as duas visadas. Isto repetido várias vezes dava-lhe um ar de sono, que o tornava mais ausente e ingênuo.

E o Duque, que não aparece...

Põe outra vez um olho perquiridor sobre o Alcides, que, à sua frente, olhando a rua com a sua cara de sono, parece um menino grande, distraindo-se.

O Alcides "está diferente", com aquele casaco marrom. Naziazeno já pensou *nisso* — horrorizado! Não teria coragem de envergar um casaco assim. Porque esses judeus parece que arranjam sempre umas "coisas" incríveis, que nunca ninguém usou, que a custo a gente admite que alguém as tenha feito. Um dia o Carlos apareceu com um desses casacos desemparceirados, sem chapéu, como é seu costume. "— Os ladrões bateram essa noite no meu quarto. — Me deixaram limpo. Tive de arranjar este casaco emprestado." Como ele é amigo dum repórter, o *roubo* "veio" mesmo no jornal, nessa tarde.

Naziazeno bem compreendeu... Mas calou-se. Veio-lhe porém um pavor desde aí. Figurou por um momento o caso como se passando consigo, e a sensação era de sair nu para o meio da rua, rodeado de espaço aberto e de sol por todos os lados...

Longe, muito longe, na sua infância, uma vez aconteceu-lhe um caso assim... E é estranho: havia-o esquecido por umas duas dezenas de anos... Ele escapara duma doença grave. Só se recorda da febre e do abatimento do primeiro dia... Depois, um estranho brinquedo com um "companheiro de classe" que (ele sabia... ele sabia...) morrera pouco antes de crupe... Uma bruma na inteligência, uma espécie de sono... certa noite, uma ânsia violenta, uma sufocação!... "— Meu filho, tu estiveste às portas da morte. A mãe fez uma promessa, se tu sarasses..." Era andar um ano vestido de Santo Antônio. — E ele se recorda bem daquela figurinha marrom, no colo da mãe, encolhida, debulhada num pranto impotente e trágico... No meio da rua, rodeado de espaço e de sol por todos os lados, seria a suprema vergonha... Como ter coragem?... como?... "— Mas tu não vês que é pior o sofrimento que tu dás a essa criança com semelhante coisa? Olha, se fosse meu filho, eu tirava já-já essa roupa. Deus que me perdoasse..."

"— Mas como é que o judeu dá esses casacos pra vocês?" — indagara ele.

"— Você compreende, a gente não há de sair despido. O judeu empresta uma calça qualquer e um casaco. Ele sabe que é perdido, porque ninguém vai desempenhar a roupa. E é o que ele quer... Um casaco desses não vale nada, a diferença ele já tirou no negócio da roupa. Mas alguns cobram um aluguel... Coisa pouca..."

E Alcides voltara a olhar mais uma vez a rua, com a sua cara de criança sonolenta e cândida.

O Duque não aparece mesmo. Naziazeno experimenta outra vez aquela sensação de amargura e de náusea no meio do peito.

— Vou me chegando pra a repartição. O Duque não vem mais.

Leva a mão ao bolso. Tira os níqueis. É uma moeda de quatrocentos réis e uma de um tostão. Deposita os quatrocentos réis no tampo da mesinha. Com o tostão entre os dedos, hesita um instante, depois joga-o também para cima da mesa.

— Vamos?

Ergue-se lentamente, seguido do Alcides. À porta, ainda relanceiam o olhar pra um lado e outro, procurando.

— Você não quereria dar uma espiada nos cafés do centro? — pergunta-lhe o amigo.

— Podemos. — E põem-se a andar. A manhã está quase perdida, vai refletindo Naziazeno. Só lhe resta agora o diretor. Alcides não aprovou "esse pedido". "— Esse sujeito não te empresta." Mas — ele lhe fizera ver — já uma ocasião... "— Não queiras comparar. Tu vais ver: é trabalho perdido." E, entretanto, são uns *folgados*. Quem sabe, talvez fosse certo mesmo aquilo que Alcides lhe contou. Aquelas intimidades com o dr. Rist eram bem características... Fechavam-se horas e horas no gabinete. Quando não, eram enormes conversas pelo telefone, em alemão.

"— O escândalo está por estoirar" — acrescentara Alcides. "— É pra qualquer dia destes."

Naziazeno tem uma revolta. Esse ganho fácil e criminoso é uma extorsão aos demais. É por isso que ele é um roubo.

— Foi o Duque que te contou?

— O quê?

— Essa coisa do dr. Romeiro?

— Não — fez Alcides. — Isso já anda na boca de todo o mundo.

Um silêncio.

Naziazeno "via" — "via"! — o diretor azafamado, sempre andando ou escrevendo, a cabeça mergulhada na sua secretária de cortina. Muito zeloso, querendo tudo a tempo e a hora. "— É um sujeito sacudido" — dizia-se dele com respeito, na diretoria. Viera substituir um moleirão, um engenheiro velho, desmoralizado. O secretário dava-lhe muita força. Às vezes os funcionários viam que eles discutiam, quase em pé de igualdade. — E era um... ladrão.

"— Mas o que é que me importa isso, quando...?" Com efeito, que é que lhe importavam aquelas bandalhices, quando tinha essa barra pesada, de ferro, sobre o peito?...

E o que é pior, fugira-lhe o entusiasmo pelo seu plano primitivo, desde que soubera aquelas coisas do diretor. Nem sabia mesmo se iria abordá-lo agora... Como era agora inconcebível aquele acolhimento humano: "Eu compreendo essas coisas, Naziazeno...".

— Talvez você tenha razão, Alcides: é melhor não abordar o homem.

— E o que é que você espera fazer, então?

Aí é que está: que fazer, senão pedir esse dinheiro ao diretor? Recorrer a um colega, nem pensar; nessa altura do mês, nenhum deles podia socorrê-lo, mesmo que quisesse.

— Tu tens alguma outra ideia?

— Não — respondeu Naziazeno. A sua ideia era sempre "uma pessoa": o diretor, o Duque... como isso o humilhava! Qualquer daqueles seus amigos, com menos cabeça do que ele, *mexia-se*. Ele se limitava a recorrer a um ou outro... "— Eu sei que há muitos homens que arranjam um *biscate* depois que largam o serviço" — dissera-lhe uma vez a mulher. "— Por que não consegues um pra ti?" — Realmente, por que não "produzir" como os demais, como todo o mundo? Agora mesmo, toda essa manhã perdida em busca de uma e outra pessoa, quando podia estar agenciando, cavando... Certa ocasião ele vira o Duque ganhar oitenta mil-réis pra pagar o aluguel atrasado aproximando dois sujeitos: um que queria vender um terreno, outro que queria comprá-lo. Foi uma transação limpa e rápida. Ainda os sujeitos ficaram sorrindo pra o Duque, um sorriso de admiração bondosa...

Mas onde estão os negócios? onde estão? Ele nunca "via nada"; era a aptidão que lhe faltava...

Depois, a coisa estava mesmo ruim pra todos. O próprio Duque ainda havia pouco tempo confessara-lhe: "— Olha, que eu sempre tive facilidade em me defender nesta cidade. Mas agora não há no quê." Era de garantir que, se hoje o Duque necessitasse de outros oitenta mil-réis pra pagar o aluguel em atraso, não haveria de encontrar tão facilmente dois sujeitos a aproximar...

Naziazeno sentiu-se um tanto consolado com essa constatação...

— Não imaginaste nada, mesmo?

(Como Alcides se mostra surpreso com a sua imprestabilidade! E com absoluta razão...) O "caso" dos oitenta mil-réis do Duque vem-lhe à cabeça:

— Talvez alguma pequena corretagem...

— Corretagem?!...

— Sim... quero dizer... aproximar vendedor e comprador...

— Deixa de bobagem — corta o outro com energia. Há interesse na sua atitude. — É preciso achar uma defesa.

— Mas como?

— Vamos botar alguns tostões no bicho.

— Mas, e os tostões?...

— Não te dê cuidado.

Alcides "distribui" rapidamente as tarefas: Naziazeno irá até a repartição; dará a facada no diretor... É sempre bom tentar... Caso falhe, procurará arranjar uns níqueis com os companheiros. O jogo, ele Alcides o fará dentro de poucos momentos. Ao meio-dia se encontrarão ali no Nacional.

Espiam para dentro dos cafés, demoradamente. Nada do Duque.

— Até logo, então...

— Até logo.

Naziazeno vai fazendo outra vez o caminho da repartição. Ainda lhe soa aos ouvidos aquele seu próprio "Até logo", breve e claro, "natural", querendo simular coragem e confiança...

A sua tristeza tem sempre esse rebate no estômago e no peito: sente dentro de si um oco dolorido, ao mesmo tempo que as feições se lhe repuxam... E pela segunda vez, nessa manhã, a impressão da solidão, do abandono...

Ele vai voltar à "sua" sala. O datilógrafo há de estar lendo o livro metido na gaveta. O primeiro escriturário, a cabeça quase roçando os papéis, passa e repassa as suas contas, molhando as pontas dos dedos nos lábios com um certo ruído. Nem há como interessá-los "naquele" caso. E se, porventura, os *abordasse*, lá haviam de vir aquelas evasivas, aquele desviar de olhos, a maior ou menor pressa de desconversar, de se libertar daquele assunto, de fazer valer os seus direitos de a ele ficarem tranquilamente estranhos... estranhos!...

Naziazeno "vê-se" no meio da sala, atônito, sozinho, olhando pra os lados, pra todos aqueles fugitivos, que se esgueiram, que se somem com pés de ratos...

7

A "figurinha marrom" desperta outras figuras. A noite de verão, dum escuro fosforescente e sem mistério, cheia de gritos de crianças... Naziazeno já observava havia muito o grupo de guris na esquina. O seu constante movimento, como se o brinquedo fosse trocar de lugar... Às vezes, um deles se destacava correndo, seguido de outro. Mas logo voltavam. Um orador mais alto falava, fazia-se um silêncio, apertava-se a roda. Depois acabaram por ir se sentar na calçada, bem na esquina, juntinhos... De quando em quando, uma voz. Naziazeno bem que *ouvia* tudo: a *história*, o "caso"... Ele quer ir até lá! Aquele canto de sarjeta tem o que ele nunca mais encontrou no seu mundo: o repouso feliz, o aconchego humano, seguro e imutável. Ele quer ir! "— Vem primeiro beber o teu leite." Ele vai dizer à mãe que não quer leite, hoje. Mas ela o obriga a entrar. O comedoiro está todo aberto; há pessoas à mesa, tomando café; conversas... Naziazeno não sabe quanto demorou, tomando o leite. Volta para a rua: a esquina está deserta, a noite muda e desabitada. Ainda corre, atraído por vozes longínquas e vagas, vai até a outra esquina mais de baixo. Ninguém. As casas aliás já estão se fechando com um ar de tristeza.

As casas dali da rua estão abertas. Há sombra e sol — um sol que começa a esquentar. É ainda o centro, há igualmente comércio, mas aquelas caras pálidas, distintas, com olheiras, já não aparecem mais. Soldados. Um que outro marinheiro (da capitania). De longe em longe o bonde. Os edifícios são altos, uma arquitetura variada.

Ele vai passar pelas Dores, vai ver o que é aquela "luzinha".

Essa espada em diagonal na vitrina do *brique* já está aí há muito tempo. O homem do *brique* vive dum comércio calmo. De tempos em tempos um freguês, que discute muito, examina muito, regateia. O homem do *brique* é sereno, parece indiferente ao ganho, e como que se consola igualmente com o vender ou com o não vender. Mas ele não compreende!... Porque há o aluguel da casa, o armazém, o pão, o leite... Tudo entretanto aí parece regulado, uma *fatalidade* complacente zelando para que tudo se equilibre, se equilibre o ganho e o gasto, se equilibre a vida...

E o homem do *brique*, sentado lá no fundo, num recanto mais escuro, com o cachimbo na boca, olhando firme a porta, aparece-lhe bem como esse homem médio, invejável e bronco...

Um automóvel passa, numa lufada. É o chefe! Pela vidraça do fundo ele ainda o consegue distinguir, curvado sobre um amigo, conversando. Uma "esperança" lhe vem, aquela primeira esperança no diretor...

Chega ao portão das "obras" quase feliz.

O diretor não parou na Diretoria: foi direto às obras. À porta, o subdiretor, o capataz e o dr. Rist o esperam e o seguem com o olhar. Ele anda lá pelo fundo, com mais dois, percorrendo o recinto. O seu passo é ligeiro, militar. Vai arrastando os companheiros naquela sua ronda. Naziazeno resolve esperá-lo ali fora também. Mesmo porque talvez nem entre: já são quase onze e meia — hora de fechar.

Não pensou como vai abordá-lo — se a sós com ele, se diante dos outros. Tudo aquilo é tão simples, tão familiar... "Eu compreendo essas coisas, Naziazeno..."

— O senhor pensa que eu tenho alguma fábrica de dinheiro? (O diretor diz essas coisas a ele, mas olha para todos, como que a dar uma explicação a todos. Todas as caras sorriem.) Quando o seu filho esteve doente, eu o ajudei como pude. Não me peça mais nada. Não me encarregue de pagar as suas contas: já tenho as minhas, e é o que me basta... (Risos.)

O diretor tem o rosto escanhoado, a camisa limpa. A palavra possui um tom educado, de pessoa que convive com gente inteligente, *causeuse*. O rosto do dr. Rist resplandece, vermelho e glabro. Um que outro tem os olhos no chão, a atitude discreta.

Naziazeno espera que ele lhe dê as costas, vá reatar a palestra interrompida, aquelas observações sobre a questão social, comunismo e integralismo.

Ele estava alegre, de humor elevado, fazendo espírito: "— O integralismo é uma coisa que convém ao clima do Brasil: andar sem casaco..." O sorriso que tivera Naziazeno fora um sorriso amigo e franco. "— Doutor, só o senhor pode me tirar um peso do peito..." — Um fechar da cara mostrara a surpresa e o aborrecimento da interrupção... "— Tenho eu porventura alguma fábrica de dinheiro?..."

Os funcionários começam já a baixar. Terminou o expediente. O diretor dirige-se para o automóvel com o amigo que o acompanha.

— Você não vem, Rist?

— Obrigado. Estou também de automóvel — e aponta um carro que estaciona metros abaixo, atrás do auto do diretor.

Os funcionários debandam.

Naziazeno deriva na enxurrada.

***

Os funcionários dispersam-se. Alguns esperam o bonde. Um ou outro sobe a primeira rua transversal. Naziazeno algum tempo caminha perto do Clementino.

O contínuo tem o passo ligeiro. É magro. Mora longe, tem de voltar pra abrir a repartição, e faz todo o trajeto a pé.

Naziazeno a princípio acompanha-lhe as passadas — com um certo entusiasmo mesmo, a despeito das suas pernas estarem bem cansadas com aquelas caminhadas todas: é que acompanhar o Clementino, tagarelar com ele, representa fugir... fugir... fugir!... Mas o entusiasmo tem um limite, e ele breve "larga" o Clementino, que, ao se ver só, espicha mais as passadas, como que afina mais o corpo e se atira com mais arrojo contra a distância, como uma lança.

Tudo mais desapareceu da cabeça de Naziazeno: só ficou o diretor, com o olhar aceso e a cara de pedra, dizendo-lhe *aquilo*. Os risos do dr. Rist e dos outros, as fisionomias enrugadas de prazer, haviam-lhe chegado ao olhar e à compreensão como coisas soltas no espaço, sem "fundo" e sem meio ambiente; curvada sobre ele, dura e estranha, a pessoa do diretor enche-lhe toda a visão...

É a quarta vez que faz esse trajeto da repartição ao centro — do centro à repartição. O fato mal se insinua na sua consciência, através as frinchas deixadas pela figura grande e adunca do diretor. "— Não queira que lhe pague as dívidas!"

Passa junto dele um conhecido. — Como é? Como é o nome desse rapaz? Justo Soares!... — com quem chegara a ter relações um tanto estreitas, e que agora não o cumprimenta mais. O seu olhar procurou apoio aqui e ali, ele teve de voltar a cabeça pra um e outro lado, meio atarantou-se, pra fugir ao cumprimento. Conhecera o Justo Soares a propósito daqueles "metros cúbicos de recalque" um pouco intrincados. Fizera-se intimidade entre eles (Justo é um rapaz muito agradável). Felizmente tudo se solucionou, e já faz algum tempo. Agora Justo Soares não o cumprimenta mais: é que certas amizades se extinguem quando se extinguem os negócios que as originaram. E é razoável. Quantos "conhecidos" seus nessas condições ele poderia rememorar!...

"— Não pago as suas dívidas."

Mas com isso *ele* fizera a confissão de que acreditara nele: "— Você tem as suas dívidas também, Naziazeno...". Como seria diferente se ele ainda o ironizasse: "— Sempre esses apertos, hein?...". "— O senhor tem as suas dívidas... as suas dívidas..." Não é crime isso! Poderia mesmo falar com ele a propósito das suas dívidas: "— Estou meio atrasado, presentemente: tenho umas dívidas de honra... tenho umas dívidas...". O diretor mencionaria as suas também (mas, oh! muito mais importantes!). Os dois, a terem as suas dívidas... Fato aliás comum... "— Mas não queira me obrigar a pagar o que você deve!..." — E outra vez na sua cara infeliz aquela onda! aquela onda de urtiga...

E o Alcides?... Não será sem um certo constrangimento que vai dizer ao Alcides o que se passou. É mais um fracasso, a desmoralizá-lo perante aqueles lutadores...

Ele não confessara tudo ao Alcides: mas aquela suspeita de "desonestidade", se o revoltava e lhe esfriava o entusiasmo, por outro lado lhe dera quase a certeza de se sair bem. "Esses indivíduos são generosos" — pensara. Pena é que lhe havia fugido a simpatia pelo homem, desde que soubera daquilo; e o seu negócio era (para si) mais um caso de simpatia, de simpatia humana, do que mesmo um negócio... Como desejara poder desculpá-lo!... O seu ser íntimo se achava mesmo inclinado a abordá-lo com estas palavras: "— Eu sei de tudo; mas veja como eu o perdoo; tanto que recorro ao senhor...". "— Eu já o ajudei; não me peça mais nada." E dizendo isto, olhava para os outros, dando-lhes uma "satisfação". Não, não precisa recorrer ao Alcides para decifrar... *Esses homens* não gostam de passar por generosos..." É uma sentença que o Alcides ou o Duque bem podiam ter feito com antecipação...

Ele o sabe agora, ele teve acuidade para, a despeito da emoção daquele instante, notar o seu olhar fugitivo e de *justificação*. Entretanto, chegara a uma conclusão errônea e contrária. "— Este acha sempre tudo fácil" — e o conferente sorri, meio vermelho, sorrira o amigo, o próprio Naziazeno tivera de sorrir encabulado. Mas acaso não seria fácil mesmo "desembaraçar" aquelas miudezas? não estava tudo explicado então? não eram uns "presentes" simplesmente, objetos sem valor comercial, destinados a particulares? Sim, mas, pela lei, deviam ser despachados. "Eu penso que os senhores não escapam da multa." — E o conferente ainda uma vez sorrira para ele e para o seu ridículo, um sorriso de remate — um tanto complacente, é certo...

Só agora, que já passou das Dores, é que se lembra daquela luzinha, que tanto desejava averiguar.

Tudo fácil!... Para o Duque, nada era fácil, tudo era afinal vencido. Eis a diferença. O Alcides adivinhara-o: "— *Este sujeito não te empresta*". Entretanto, da outra vez... "— *Não queiras comparar*." Mas por que não comparar... Eram casos iguais, a mesma *dificuldade*, o mesmo peso no peito...

Está certo de que Alcides não se surpreenderá quando souber de tudo, nem mesmo daquela palavra de pedra. O Alcides, o Duque e outros e outros estão sempre de prevenção, sempre em guarda, sempre antecipando. Ele não, ele acredita na compreensão... Alcides era capaz de ficar com raiva, decepcionado se o outro emprestasse. — Alcides, que é tão *neutro*, tão indiferente, tão... desmoralizado.

***

Uma inspiração de ar, longa e meio doída, levanta-lhe com dificuldade o peito de chumbo.

A palavra e a figura do diretor esmagaram-no, "esmagaram-no", é o termo. Não poderá "discutir" com a mulher, exigir respeito, depois do que lhe sucedeu; seria iníquo.

Idealizar outro plano? Tem uma preguiça doentia. A sua cabeça está oca e lhe arde, ao mesmo tempo. Aliás, o sol já vai virando pra a tarde (Já *luta* há meio dia!), perdeu já a sua cor doirada e matinal, uma calmaria suspende a vida da rua e da cidade.

Alcides talvez não o esteja esperando. E o seu desejo mesmo é não encontrá-lo, não encontrar ninguém. Não vai voltar pra casa. A questão dos níqueis é o de menos... Não voltará também à repartição, no expediente da tarde. (Os seus papéis ficaram sobre a carteira. Todos o esperam, passam-se as horas. À hora de fechar, o Clementino hesita: guardará ou não?)

Não sabe como encherá a tarde. O seu "nevoeiro" só lhe permite *ver* um raio muito pequeno, muito chegado. Àquela hiperaguda fixação num ponto, em que estivera até então, como é bom suceder um período vazio... vazio... Porque é preciso renunciar àquele desejo de conseguir o dinheiro. Não se arranjam sessenta mil-réis quando se quer... Renunciar...

Pagar o leiteiro, entregar-lhe a importância: "— Tome, é o seu dinheiro". Virar-lhe as costas sem dizer mais nada, sem mesmo querer reparar na sua cara espantada, surpresa e o seu tanto *arrependida agora*... Outra vida ia começar. Iria direito à caminha do filho, criança brincando com criança. "Se instalaria" na mesa pra tomar o café. Tudo era calmo e ao mesmo tempo vivo ao seu redor. A manhã voltava a ter aquele encanto antigo. Seria capaz, bordejando daqui e dali, de ir espiar por cima do muro o amanuense e seus galos. Depois (horas depois!), a viagem de bonde pra a cidade, com a fresca batendo-lhe na cara, aberta e exposta, teria mesmo o encanto duma viagem...

8

Treme o ar, toda a rua treme com o calor, tremem as casas, como um pedaço de paisagem submarina, ondulando através a água movediça. As habitações têm colorido. Pequenos jardins. Bairro elegante.

Naziazeno disfarça o cansaço, porque tem uma esperança. Segue o trilho estreitíssimo e quebrado da sombra das casas na calçada, bem junto das paredes. Toda a rua está balizada num lado e noutro por uns blocos metálicos, dum brilho sombrio: *limousines* em descanso.

O "sujeito" mora no número 357. É o fim da rua, lá no alto.

Alcides esperara-o.

— Não há de ser nada. (A confiança desses batalhadores!...) — Vamos entrar aqui neste café.

O jogo estava feito: alguns níqueis, distribuídos em centenas e dezenas, sabiamente combinadas, "invertidas". Alcides puxa do bolso um talão e uma pequena lista. Naziazeno põe um olhar vago e de sonâmbulo sobre esses números.

Não, ele não desconhece que o "bicho" seja uma providência, a providência de todos esses pobres-diabos. Ele vê a frequência com que o seu barbeiro *pega* dezenas e mesmo centenas. Nas mãos dum conhecedor, como Alcides, a sorte como que se deixa dobrar e vencer. Basta reparar na confiança do amigo... Mas ele está triste. É um desencanto, que não chega a ser ódio ou rancor. É um anseio, um desejo de imobilidade, de inatividade...

Os dois cafezinhos se acham servidos.

Alcides está um tanto vivo. Só ele fala. Nos intervalos da conversa, tem pequenos movimentos, muda o corpo, os braços, a cabeça de posição.

Naziazeno não quer decifrá-lo, faz esforços por se conservar à margem daquilo... Quer imobilidade, só imobilidade. Mas já *o* viu muitas vezes no Duque. É um primeiro mobilizar de forças, que se intensifica mais e mais, toma vulto e direção, e, no fim das horas, é uma carga.

Alcides quer lhe dizer qualquer coisa.

— Eu estava pensando que você podia dar por mim uma batida no Andrade.

— Que Andrade?

— Aquele corretor da rua Quinze.

Faz-se um silêncio.

— Você podia dar uma chegada agora na casa dele. Ele está almoçando.

Novo silêncio.

Alcides prossegue:

— Ele ficou me devendo o resto duma comissão... Cem mil-réis...

Frouxamente Naziazeno pergunta:

— E onde ele mora?

— Na rua Coronel Carvalho número 357.

(Perto da Independência.)

Alcides entusiasmara-se:

— Procure trazer nem que seja a metade. Ele vem me prometendo liquidar há muito tempo.

Naziazeno conserva-se silencioso. Ele não pensa na "empresa" propriamente: pensa no Andrade; vê a sua figura robusta, azafamada, decidida de patrão. Ela lhe lembra o Gonçalves, o dono duma engraxataria que existiu ali naquela praça. Era também assim. *Decidia-se* como um general, entre os engraxates. No fim do dia liquidava as contas deles, o aluguel das cadeiras. Fechava tudo, rasgava papéis, limpava a mesa. "— Pronto! Não *tenho* mais loteria, não *tenho* mais bicho, mais nada." — E vinha até a porta, agitando as mãos, sem casaco, a camisa limpa, com o ar mesmo de quem se desembaraçara de qualquer coisa verdadeiramente pesada. Num dos banquinhos, um engraxate (um negrinho de cara cínica) sujo e suarento olhava pra palma da mão, pra os níqueis que lhe haviam restado. E tinha um comentário pra o companheiro mais próximo — um comentário de moleque desconsolado... — Andrade não se aperta, não, por cem mil-réis...

— Comissão de quê?

— Uma venda de automóvel.

(Andrade mete-se em tudo.)

A ir, é preciso ir agora, pra aproveitar a hora.

— E como é que eu vou dizer?...

Combinam a coisa. Um compromisso inadiável...

— Não daria mais força tu indo em pessoa?...

— Não tem importância.

A paisagem submarina treme-treme. Ele caminha na calçada do lado par pra aproveitar aquele risco de sombra. Descortina a rua até o fim. Calcula mais ou menos a "altura" do 357. Deve ser sobre o meio da quadra, talvez passando um pouco. Nesse ponto há um correr de casas iguais, de aluguel, casas antigas, de aparência um tanto pobre. Imediatamente antes porém se ergue uma casa assobradada, com jardim, isolada e aristocrática...

— É ali...

Uma "ária" (ou qualquer coisa desse gênero). Vem de longe e de dentro de casa. Tem o som um tanto velado. Vai-se definindo melhor à medida que Naziazeno avança. Pouco a pouco, aumenta de intensidade e de clareza. É uma voz masculina, de tenor. Coisa conhecida... Soa muito forte, quando ele defronta a casa onde o rádio está tocando. Todo o bangalô parece estar vibrando — enorme caixa de música... A ária depois diminui, quase se apaga no intervalo das casas. Mas agora vem crescendo... crescendo... Até que ressoa com toda a força outra vez defronte doutro prédio, doutra janela entreaberta... E dessa forma ela nunca se extingue.

Cem mil-réis pra um homem desses não é nada...

Essa gente que *vive* no centro, nos cafés, é desprendida. Não sabe explicar por quê. Mas o dinheiro não tem, não, pra eles esse valor que tem pra os de vida sedentária. Ele vê o gesto do advogado dr. Otávio Conti, no café, metendo a mão no bolso, tirando uma cédula de cem mil-réis e entregando-a ao Duque: "— Vá levantar esta letra. Você me devolve depois". Não é bem caridade... Ele não sabe explicar... Há nisso um certo tom de versatilidade... de facilidade... de um tal ou qual afrouxamento do caráter... Ele vê o Andrade tirando, *com o gesto do dr. Otávio Conti,* a "mesma" cédula do bolso e entregando-lha...

A casa aristocrática acha-se perto.

A numeração já está em quase trezentos.

Uma pequena aragem que sopra levemente nesta parte alta da rua passa-lhe pelas mãos e esfria-as... O seu corpo suado fica como que um bloco gelado e dá-lhe a sensação de que se encolhe, se retrai dentro da sua roupa quente e assoleada, que dela se despega como duma carapaça. Ao mesmo tempo o coração, que batia lá no fundo do peito, veio palpitar bem à superfície, quase à flor da pele, meio engasgando-o...

Mais uns passos e ele atravessará a rua.

O sol está quente. A rua é larga. Num momento lhe vem uma fraqueza... um amolecimento das pernas... Ele sente que lhe foge o sangue da cara. Passa-lhe por um instante o medo

da insolação! Mas é rápido. Cose-se mais contra a parede. "—
Isto é de estar cansado e sem almoço." — Demais, está nervoso, na expectativa...

O seu coração bateu mais acelerado. Veio-lhe um pouco de dor de cabeça. É preciso retardar mais o passo. A *casa* está ali, a bem dizer defronte.

Desde que o seu pé abandona o passeio, põe os olhos na "numeração". Parece "ver" sobressaindo do fundo escuro, quase negro, *o número*, o número do Andrade. Insensivelmente, por um segundo, desvia o olhar... percorre outras fachadas... as mais próximas... Quando encara de novo a casa e a placa, eis que se deu uma transmutação: o que tem na sua frente é o 317, duro e impessoal...

E *todo o resto* também mudou... O Andrade habita uma daquelas casinhas iguais — talvez a terceira. Uma figura e o seu gesto de meter a mão no bolso e de tirar daí qualquer coisa de generoso e de leviano aparece-lhe e desaparece-lhe tão instantaneamente, como se fossem vistos através um diafragma de curtíssima exposição...

9

Naziazeno está defronte duma porta inteiriça, pintada dum gris sujo, e um pouco empenada, fechando mal embaixo. Já bateu, e espera.

Mas ninguém o atende. Bate de novo, com mais força. A tábua é grossa, sem sonoridade. Ele magoa os dedos numa superfície dura como metal, cheia de grumos — da justaposição sucessiva das várias camadas de tinta.

A demora intimida-o. A sua "tarefa" precisa de facilidades...

Bate outra vez. Nem com força, nem demoradamente. Bate como quem se desobriga dum dever.

O seu olhar detém-se um momento na fresta que faz embaixo a tábua empenada da porta. Da janela ao lado porém chega um leve ruído. Quando vai erguer a cabeça, ouve uma voz fina, de criança, que o interpela.

— É um homem que quer falar com o papai — e ela fecha imediatamente a janela.

A meia folha empenada cedeu. Mas não desapareceu toda: Andrade nela apoia a mão esquerda, erguida alto, à altura da cabeça. A abertura que fez foi medida exatamente pelo seu corpanzil, que se insinua na porta entreaberta como uma hérnia. Está sem casaco. Tem um guardanapo na mão.

Naziazeno não estudou o modo de começar. Meio gagueja nas primeiras palavras. Andrade tem os olhos fitos nele.

— ... da parte do Alcides...

— Que Alcides?

— Alcides Kônrad.

— Ah! o Kônrad. — E depois duma pequena pausa: — O que é que o Kônrad deseja?

— O Alcides... — o Kônrad! — ... tem um compromisso inadiável... compromisso de honra... ("Tenho umas dívidas de honra"...) ... e mandou recorrer ao senhor...

Andrade modifica a sua posição, como que se "acomoda" melhor. Uma garotinha pequeninha quer forçar uma passagem entre a sua perna e a porta. Ele se dirige a Naziazeno:

— Recorrer a mim... Como? — Aparece-lhe na testa uma ruga de incompreensão.

— Ele tem a receber do senhor o resto duma comissão... Cem mil-réis... Duma venda dum automóvel.

A garotinha está prestes a romper a barreira que a separa da rua e do... *homem*. Andrade, que até aí não a parecia ter notado, imobiliza-a com um susto:

— Fica quieta!

E forçando um tom educado, para o visitante:

— Não é bem assim. O Kônrad tem, de fato, a receber esse dinheiro. Resta saber se de mim... — Ele meio sorri. Depois prossegue:

— Eu tinha combinado com o comprador — o subgerente do "New York Bank", não sei se conhece — tinha combinado que eu pagaria uma parte e ele outra parte dessa comissão. Efetivamente, assim que realizamos a transação, satisfiz o meu compromisso com o Kônrad. Não sei se o outro já fez o mesmo.

— Mas ele ainda me disse hoje...

— Quem? O subgerente do "New York"?...

— Não! O... o... Kônrad...

— Sim... O que é que ele lhe disse?... — E Andrade assesta-lhe dois olhos fixos e frios.

— Ele disse que o senhor vinha prometendo liquidar essa pequena dívida.

Andrade tem um outro pequeno sorriso:

— Dívida com o Kônrad!... — E com a cara fechada outra vez: — Não é vergonha ter as suas dívidas. (Naziazeno meio tem um sobressalto!...) Eu tenho muitas e até muito me orgulho com isso: é um sinal de crédito. Mas não: o que prometi ao seu amigo já lhe entreguei. — E depois dum silêncio: — É exato que falamos ainda há pouco desses cem mil-réis. Se não me engano mesmo, parece que lhe prometi ir me entender com Mister Rees. Mas não dou certeza... Não me lembro bem do caso...

Naziazeno não tem o que retrucar. O sol se aplaca sobre ele, como se tivesse peso e consistência. Andrade observa o seu jeito, e muda de expressão:

— O senhor não quer entrar um momento?

Abre bem a meia folha. A mão esquerda, que segurava a porta, faz agora uma concha sobre a cabecinha redonda da garota.

Naziazeno tirou o chapéu. Sente ao redor da testa uma fita úmida, que começa a esfriar. É uma sensação agradável.

Nem sabe por que entrou. O caso agora é dar volta. Está tão bem explicado!...

— É com certeza engano do Alcides.

E corrigindo-se prontamente:

— ... do Kônrad.

Andrade agora, nas palavras que lhe dirige, está vago e polido. Às vezes tira a mão esquerda da cabecinha da filha e com os dedos e os olhos segue qualquer coisa no guardanapo. Do comedoiro vêm vozes de crianças, entremeadas com ralhos de gente grande.

— Foi engano...

— Possivelmente. Mas o Kônrad não perde esse dinheiro. Basta dirigir-se ao Mister Rees.

Ainda ficam um momento assim, Naziazeno sem ter o que retrucar, Andrade cada vez mais vago.

— Vou indo então.

Andrade arreda a criança. Abre-lhe passagem.

— Até logo.

— Às suas ordens.

10

Alcides com toda certeza o espera num dos cafés.

Já há de ser seguramente uma hora.

Levantou cedo, tomou o café mais ou menos às sete horas. Daí essa fome.

A primeira coisa que *teriam feito* com aqueles cem mil-réis seria comer. Iriam ao Restaurant dos Operários, a essa hora já quase vazio. Instalados no seu canto, defronte da mesinha com a toalha branca bem estendida, palestrariam. Enquanto *esperam*, ele come pão — um bastãozinho de pão d'água, de casca lisa e cantante como louça tenra.

Ficariam grande parte da tarde ali, repousando. Ao vinho nacional, o coração amolecido, já Naziazeno teria esquecido tudo... Trataria de ir se tocando pra casa. Na rua, no bonde, se *confundiria* com os demais. Era o mais agradável dessas sensações...

Não se animou a pedir ao Alcides o níquel pra o bonde, e está lhe saindo bem puxada aquela caminhada com o sol. Tem confiança com o Alcides — muita mesmo! — mas não se animou. Não sabe por quê, mas acha que Alcides não lho daria com boa vontade — ele, que lhe vai emprestar dezenas de mil--réis!... Não se *financia* um sujeito um dia inteiro e pra todas as coisas...

A cidade não tem árvores. A *rua* é um bloco inteiriço de granito escaldante.

Terão de esperar pelo expediente da tarde pra falar com o subgerente no banco. Parece-lhe agora um tanto estranho aquele equívoco do Alcides... Entretanto, a cara do Andrade tinha um ar de surpresa e de sinceridade. Mas, se ainda tinham falado havia pouco no tal Mister Rees, na parte que lhe cabia pagar, como era possível ter Alcides se enganado?...

Ele lhe vai explicar tudo isso.

Alcides o espera certamente no Nacional.

O silêncio da cidade já se quebrou. Outra vez rola, em direção ao centro, a onda dos automóveis e dos bondes. A tira mesmo de sombra junto à parede já é mais larga e mais disputada.

Mister Rees — um alto funcionário bancário — há de ser pessoa séria. Não há de pôr dúvida em pagar. Talvez exija um entendimento com o Andrade, uma explicação. Andrade estará pronto em dar todas as explicações: ele lhe deixou a impressão de sujeito solícito, prestadio.

Vai lhe parecer uma mentira, quando entrar nesses cobres.

Talvez Alcides o esteja mesmo esperando pra almoçarem juntos. Lembra-se uma vez que acompanhou Alcides a um frege do mercado. Ele comeu o seu almoço de assobio — um prato de mingau, média com empadinhas. Depois meteu um palito na boca, chupou um pouco de ar sibilante através os dentes num lado e noutro, limpando-os. Cuspiu um que outro farelo de comida. Puxou um cigarro, deu tragadas grandes. Convidou:

— Vamos?

Naziazeno sabia que ele estava sem dinheiro.

Sobre a porta, o dono do frege, sem casaco. Alcides chega-se bem perto dele, *canta-lhe* qualquer coisa. O outro ouve, com os olhos baixos e de vez em quando um movimento de aquiescência com a cabeça.

— Então, até logo — diz-lhe Alcides.

— Até logo...

— Olha: e muito obrigado...

À porta, percorre o olhar por todo o café. Alcides não tem lugar certo; todavia costuma sentar o mais das vezes sobre a frente.

O seu olhar já fez um giro completo e nada do Alcides.

Avança uns passos. Recomeça. *Passa* e *repassa* todas as mesas. Resolve mesmo inspecionar mais diretamente. Segue um dos "corredores", vai até o fundo, olhando pra um lado e outro. Volta por outro "corredor". A cada momento espera ouvir o chamado do Alcides. Porque às vezes passa-se pela pessoa procurada e não se enxerga.

Não há propriamente compromisso por parte dele de esperá-lo exatamente ali. Bem pode estar noutro café ou mesmo na praça, num banco com sombra. É procurá-lo em todos esses lugares.

Um frio porém, súbito e que não pode reprimir, passeia-lhe por todo o corpo uma onda de gelo...

Dirige-se pra outro café. O comércio reabre as suas portas. A rua outra vez se enche de gente. Os cafés têm quase todas as mesas ocupadas. O ar comunica-lhe um mugido surdo que se levanta daí e que o estado de debilidade do seu estômago e da sua cabeça amplia em certos momentos até lhe parecer um trovão.

Dos cafés, estende a sua pesquisa à rua, à praça.

O Alcides naturalmente cansou-se de esperá-lo. Foi decerto comer.

Vai até o Restaurant dos Operários, que fica perto. Como não o encontra também aí, lembra-se daquela vez que o acompanhou a um frege do mercado... É isso! É onde Alcides tem de estar. Chega até a vê-lo *naquela* mesma mesa, comendo com concentração, silencioso... Irá até lá!

Mas ao mesmo tempo *vê-se* com igual nitidez indo ao frege do mercado e não o encontrando... Só enxerga aí caras estranhas... Tudo desconhecido... Tudo desabitado... como... como aquela esquina do seu tempo de guri...

Talvez lhe deem notícias dele. Encosta-se à parede do Nacional, à espera dalgum conhecido que passe.

Chega a pensar em voltar pra casa. Conseguirá uns níqueis (não será difícil). O seu almoço está "guardado", num prato fundo, metido no forno do fogão. "— O prato está quente!" — recomenda-lhe a mulher. O arroz secou, os grãos aderiram uns aos outros com o calor, meio formando uma casca. Esturricada, a carne frita...

Dá uns passos até a porta; consulta o relógio lá dentro: duas menos um quarto!

É preciso achar o Alcides! Faz mais uma vez inutilmente a ronda dos cafés, das esquinas, dos bancos da praça.

Tem então uma decisão!

O banco é logo dobrando a rua Sete. Está certo que o Alcides vai aprovar. Vai mesmo louvar essa resolução — a sua *iniciativa*.

Ainda encara todo o mundo, pra ver se descobre o amigo.

A coisa não é de perder tempo. Foi ao Andrade; não era com ele, é com Mister Rees; logo... Sente que é uma *violência* ao seu temperamento... Está aprendendo a ser "despachado", dinâmico. Alcides vai aprovar...

Já se acha perto do banco. Uma casa de dois andares, com uma espécie de vitrina. Há pelo menos uma vidraça grande entre as duas portas, que parece o resto duma antiga vitrina.

O banco opera mais com cambiais (já uma vez ouviu dizer). O movimento de entrada e saída não é grande. Põe o pé na porta.

O balcão se estende da frente ao fundo. Indivíduos adiante dos vários guichês.

Entra, avança uns passos, hesita. Não sabe a quem se dirigir.

Vai abordar o empregado mais próximo. Chega a dizer-lhe:

— Eu desejo uma informação...

Mas suspende-se! O que é que está fazendo? Terá mesmo o direito de cobrar — cobrar! — do Mister Rees? Alcides nem lhe falou nele... Poderá confiar cegamente no Andrade?... Está cometendo um erro — um erro! — Um calor invade-lhe a cara e o couro cabeludo.

— Deseja?...

É o funcionário! Bate umas pancadinhas de lápis, impacientes, no balcão. Não lhe é possível agora fugir. Aquela impaciência domina-o — domina-o! Ele se lança, *perdido*:

— Queria falar com o subgerente... com o Mister Rees...

O funcionário dá meia-volta, ao mesmo tempo que lhe vai dizendo num tom secamente informativo:

— Está em viagem pra o Rio.

Com o alívio, que foi refrescante como um banho, vem-lhe a noção da fome. Quase duas horas... Não sabe como pôde aguentar todo esse tempo sem comer.

Está satisfeito. Porque agora tem *certeza* de que é "jogo" do Andrade. Com o Alcides provavelmente a sua linguagem teria sido outra. Um artista...

Mas precisa comer. Voltar pra casa — nem pensar. Principalmente agora, que a coisa não lhe saiu de todo má. Porque o "desastre" seria encontrar o homem, dar o pulo em falso.

É preciso comer...

O almoço, no *restaurant*, vai ser a trégua. Sairá depois daí com inventiva, com decisão.

A confiança outra vez! Aquela trepidação em que subitamente se encontrou essa manhã ao descer do bonde na praça Quinze.

É preciso comer...

Vai arranjar cinco mil-réis. Àquela hora ainda se consegue qualquer coisa no Restaurant dos Operários.

Se encontrasse o Duque! É verdade, o Duque escondeu-se. O Duque seria a sua salvação, tem a certeza.

Quem sabe? talvez Alcides esteja *agindo*. Esse desaparecimento súbito...

Precisa duns cinco mil-réis.

Ele é capaz de ir abordar o dr. Otávio Conti... O dr. Conti há de se recordar dele. Amigo do Duque...

Tem escritório... não sabe bem se na Ladeira ou na rua da Ponte. Não custa perguntar. No cartório do Morais ele se informa.

— Você não sabe onde é que o dr. Otávio Conti tem escritório?

— Pra que é que quer saber?

— Pra informar aqui a este senhor.

— Pouco antes da biblioteca.

Naziazeno olha o rapaz com reconhecimento:

— Muito obrigado.

II

Pouco antes da biblioteca... É aqui.

O escritório ocupa uma sala térrea, pequena, num nível mais baixo do que o da rua. Uma escrivaninha ao fundo, bem em frente da porta, de modo que quem nela está sentado observa, com um simples levantar de olhos, todos os que passam.

Naziazeno, ao chegar nas proximidades da porta, retarda a marcha. Olha para dentro, e o seu olhar vai dar de chapa com os olhos dum rapaz (certamente um ajudante) que, à escrivaninha, conversa com uma mulher de aspecto pobre que se senta numa cadeira ao lado. À parte, numa cadeira encostada numa das paredes, uma criança — um menino — provavelmente filho da mulher.

Não viu o dr. Otávio Conti.

Dá mais alguns passos. Logo depois da porta há uma janela, cujas vidraças se acham fechadas. Espia para dentro. Parece-lhe ver uma porta lateral, abrindo para outra peça. Avança uns passos mais e volta. Vem lentamente, um pouco sobre a parte de fora do passeio, para aumentar o seu raio de exploração. Certifica-se de que há de fato uma outra peça comunicando com aquela. Quando vai mesmo passando da porta, uma pessoa — um homem — sem casaco, alto, gordo, vem saindo daí e entrando no escritório. Não pôde ver se era o dr. Conti...

Resolve dar volta, repetir a manobra. Mas para isso desce mais um pouco, para fazer decorrer um intervalo maior entre uma passagem e outra.

Do meio da quadra retrocede. As suas passadas são grandes e compassadas, porque é forte a subida e ele já anda cansado de tanto caminhar.

Vai pelo cordão da calçada. Entre ele e a parede, como num canal em declive, os transeuntes derivam com a força de água corrente. São pequenos grupos, sucessivos. Vêm conversando. Dão-lhe a impressão de virem dalguma reunião, que haja acabado naquele instante.

Ao defrontar o escritório, um grupo se interpõe entre ele e a porta. Aproxima-se então da janela. Mas no momento em que vai espiar para dentro, volta-se subitamente e dá com os olhos num sujeito que, na porta duma casa fronteira, observa-o com o olhar fixo. Retira-se vivamente e sobe. Vai até a esquina.

O sujeito ainda o está observando.

Ele se demora um pouco na esquina.

Talvez o dr. Otávio Conti não esteja... Não vai lhe pedir.

Desce, o passo lançado, a cabeça erguida, olhando um ponto na frente. Percebe que o indivíduo o segue com os olhos...

Na primeira esquina, na interseção duma travessa conhecida como o centro da jogatina, dos cabarés e das *pensões chiques*, Naziazeno, no impulso que traz, por um pouco não abalroa um cidadão baixote, de passo pausado, que desembocava tranquilamente na Ladeira. As mãos de Naziazeno, automaticamente, tateiam-lhe o peito, os ombros, a cabeça. O chapéu do cidadão põe-se a dançar no seu crânio. Uma interjeição — um "Opa!" — de surpresa e de atarantada desculpa.

O cidadão baixote é um conhecido seu, o Costa Miranda:

— Você vinha com pressa.

Ele meio sorri, ainda pálido com o susto. Olha ao longo da ladeira: o sujeito lá em cima tem todo o corpo voltado para ele.

— Onde andava?

— Fui à procura do dr. Otávio Conti — e com a cabeça aponta na direção do escritório do advogado. O outro segue-lhe o gesto. Naziazeno vê o indivíduo lá no alto contemplá-los um momento e entrar.

Faz-se um silêncio.

"— Se ele me pergunta o que fui fazer no dr. Otávio Conti, lhe confesso tudo" — pensa Naziazeno. Costa Miranda porém conserva-se calado, o olhar na calçada cheia de luz.

— Dia quente hoje... — diz por fim.

— Horrível...

Ele parece meio meditativo.

— Ia descer?

Naziazeno resolve não deixar passar aquela oportunidade:

— Você não terá aí uns dez mil-réis que me ceda até amanhã? Ainda não almocei. (Esta última frase fica-lhe retumbando no ouvido. Ele sente um calor em toda a cara.)

O outro nada lhe responde. Tem a fisionomia fechada e contempla-o fixamente.

— Você diga ao Alcides que vá pagar aquela letra do agiota de que sou avalista — observa-lhe, passado um momento. — Não quero o meu nome na boca desses sujeitos.

Esses escrúpulos surpreendem Naziazeno, que sabe bem quem é o Costa Miranda...

Ainda com a mesma atitude retraída e a cara fechada, mete a mão no bolso da calça. Tira a carteira do dinheiro. Abre-a: as notas estão divididas pelos seus valores, em compartimentos especiais. Escolhe uma cédula de cinco mil-réis e passa-a a Naziazeno.

— Até amanhã — e desce pausadamente a Ladeira, virando-se lentamente para um lado e outro, como que observando sem pressa e sem tempo...

12

Agora, com aquele dinheiro na mão, está indeciso: não sabe se vai ao Restaurant dos Operários ou a algum frege do mercado. Porque àquela hora talvez já não encontre mais nada.

Mas ele não gosta de mingau nem de empadinhas. O seu estômago o que está pedindo é um bife com batatas, com um pãozinho de casca quebradiça e cantante... E um bocado de vinho... E o repouso dum canto fresco e sombrio, quase sem ninguém...

Mas encontra, encontra.

A mão, mergulhada dentro do bolso da calça, ainda segura o dinheiro. É um papel sovado e liso, como se lhe tivessem passado talco. Seus dedos estão ficando suados. Abre então a mão, e retira-a aberta e com precaução, para que não haja perigo dela arrastá-lo para fora e o dinheiro cair, perder-se.

Vem descendo a rua.

Se ele botasse no estômago qualquer coisa, mesmo um cafezinho, ainda aguentaria mais uma hora. E com esses cinco mil-réis tentaria... a sorte!

Esse "plano" veio-lhe de súbito, e perturba-o!

Há uma roleta montada meio secretamente nos fundos duma tabacaria, mesmo ali perto. Justamente nesse momento (hão de ser duas horas mais ou menos) começou a funcionar. Se tentasse...?

Seu estômago porém está oco. Uma dor lhe sobe por dentro do peito, até o pescoço, a garganta. Sente uma debilidade na cabeça, espécie duma leve sonolência, como quando tem febre. Entretanto, está com a testa fresca. Sabe que, se comer, tudo isso desaparece. É de haver passado todo esse tempo sem se alimentar.

Mas como perder essa oportunidade?...

Ele vê os seus cinco mil-réis multiplicando-se e a sua entrada em casa, à noite, fatigado e feliz, a boca sorrindo pra a cara muito branca e muito triste da pobre da sua mulher... Pregueia-se-lhe a garganta. Sente uma constrição no rosto... meio sobre os olhos... não sabe explicar exatamente onde...

Subitamente, como num impulso, toma a sua decisão!

Um cafezinho... Mas não poderá trocar os cinco mil-réis. Se encontrasse uma mesa com algum conhecido... Vai ver.

Apressa o passo. Atravessa a rua.

As roupas de linho dos homens, brancas, algumas pesadas como amianto, parece que "refrescam" mais a sombra agradável do café, que uma enorme porta, aberta sob uma marquise, conserva inundado sempre dum ar fino e leve.

Naziazeno vai até o fundo, observando.

Avista algumas caras conhecidas. Mas percebe que não tem jeito para filar esse café...

Seria mais fácil ficar devendo ao garçom.

No fundo, onde se acha, há várias mesinhas desocupadas. Dirá ao garçom que não quer trocar um dinheiro. Já viu mesmo muitas vezes o *pessoal* beber o café e levantar-se, sem pagar...

Ele porém é capaz de fazer-lhe "uma cara", de dizer-lhe mesmo qualquer coisa... É melhor desistir.

Dirige-se ao balcão e bebe um copo d'água, que (lhe representa) lhe vai abrindo as paredes vazias e acoladas do esôfago... Um frio interior, profundo e agradável, espalha-se-lhe sobre a base do peito, à altura da boca do estômago... aperta-o... A sua saliva está fina e escassa.

Quando vai chegando à porta para sair, enxerga o Horácio, que vem vindo tranquilamente pela outra calçada. Recua.

Meio se oculta. Horácio passeia os olhos pelo café. (A rua é muito estreita.)

Andará à sua procura? Às vezes uma reclamação duma "parte"... O diretor costuma mandar chamar o funcionário pra explicar.

Horácio estaciona defronte duma vitrina logo adiante. Tem o "protocolo de cartas" na mão. — "Anda fazendo a entrega das *concorrências.*" — Porque ele desempenha o papel de *correio*: encarrega-se da correspondência postal, leva os ofícios da secretaria e distribui as circulares às casas da praça, pedindo preços para as concorrências administrativas do serviço.

Fica muito tempo embasbacado pra a vitrina. Naziazeno não quer encontrá-lo. Esperará que ele se afaste pra depois sair.

Mas eis que ele está agora palestrando com um outro sujeito. Meio se protegem do sol numa reentrância da parede, e se põem a bater língua.

Naziazeno espera.

A palestra prolonga-se.

Horácio — ele sabe! — costuma pegar esse serviço a essa hora pra flanar. Sai mais ou menos no começo do expediente da tarde e passa todo o dia na rua; só volta na manhã seguinte.

Quanto tempo terá de ficar preso ali?

As horas vão passando; já são quase duas e meia *naquele* relógio.

Vai se esgueirar pela direita, dar-lhe as costas, fazer a volta à quadra. Não é que tenha receio... Mas prefere não ser visto.

Sai.

O Costa Miranda vem de volta, lá do lado da praça.

Fará que não o vê.

Nem sequer uma palavra, uma justificativa, uma *mentira!* "Cortou" o seu pedido pela metade com insolência e como para reduzir o *prejuízo!...* Há de ser o seu primeiro pagamento, esses cinco mil-réis.

Já na rua Sete, ao passar pelo "banco", tem uma sensação estranha, e um calor lhe sobe outra vez até o couro cabeludo.

Ainda não resolveu se deve ou não contar ao Alcides aquele fato do banco... Não quer que ele imagine um caso de abuso de confiança.

Mas, quem dirá que ele não aprovaria aquele passo? Podia ter-se justificado perante o Mister Rees, invocando o testemunho de Andrade. Seria até um meio expedito de desmascarar o outro.

O que é, porém, o que o Andrade *diz* ao Alcides...? Isso é que é interessante saber.

Trocará por fichas? *distribuirá* os cinco mil-réis? Ou colocará todo o dinheiro sobre um número?

Talvez conviesse espalhar, em meios, em quartos, e quando tivesse já um *bolo*, então sim: carregar. Mas tudo fica dependendo da "inspiração" do momento.

Terá de fazer render, de aproveitar os seus cinco mil-réis. É de ver como o Duque joga... Silencioso, "faz" o seu jogo e retira-se pra longe, pra junto da parede. Aplica as suas "regras". E o caso é que o mais das vezes sai ganhando.

Um caminhão cinzento passa por ele com uma certa velocidade. É o das "obras". Vem do serviço. Traz um longo cano, fino, de encanamento, que sacode com a marcha e cuja ponta fica vibrando como a açoiteira duma chibata.

Já uma vez *recorreu* a uma "firma", firma fornecedora. Entrou na casa, atemorizado. O sujeito — o negociante — uma cara de gelo e os olhos fixos, recebeu-o de pé na *frente*, junto ao balcão. Depois, mandou pagar-lhe na caixa, mediante um vale. — E este vale ele ainda não foi levantar... *NÃO FOI LEVANTAR!...* — Lembra-se do dr. Romeiro, daquele escândalo *que está para breve*, e sente que as suas mãos ficam geladas e trêmulas...

Dobra a esquina. Entra numa pequena rua.

A surpresa e o vexame daquele *acolhimento* que lhe fez o dr. Romeiro... Mas não fica satisfeito, não, com o que está por lhe acontecer. Tem aquele vale, aquele vale... Mas não! Enche-o de uma emoção triste qualquer mudança, qualquer nova situação. Quer as coisas contínuas, imutáveis. Aquele canto de sarjeta, nada mais... Quando guri, apesar do gosto dos guris pelas viagens, não gostava de chegar em lugares desconhecidos, sentia-se emocionado, triste ao se ver pela primeira vez nesses "quartos de hóspedes" da campanha, nas viagens que através as casas dos parentes nos primeiros tempos do "luto da mãe" tiveram de fazer. Mesmo aquela viagem a Uruguaiana, viagem a uma cidade, viagem de trem!... Qualquer coisa o oprimia ao chegar, à noite (era inverno). Um sentimento vago e melancólico de decepção...

O melhor é meter tudo num número, acabar com aquilo duma vez... E não pensar depois, atirar-se numa cama (na sua cama, na cama do Alcides) e dormir... dormir...

Não ignora o que valem cinco mil-réis, dois tostões até, num momento desses. Uma paciência beneditina trama... trama... com eles... No fim é uma coisa de vulto! Talvez o segredo do Duque. Mas uma confiança (ou uma desconfiança) — um *fatalismo* — leva-o sempre à impaciência, à precipitação...

Demais, tem aquele cansaço, aquele cansaço dos nervos.

Vai ser o seu último esforço...

E, quem sabe?... Essa ausência de Alcides... Alcides não há de estar inativo. Quem diz mesmo que ele não foi até o Andrade, tocado por aquela sua observação de ir em pessoa, pra dar mais força...

O diabo foi lhe ter faltado o Duque. No momento mais preciso...

É certo que tem ainda essa oportunidade, essa esperança... Mete a mão no bolso, num gesto *natural* e furtivo. Ali está aquele papelzinho, liso e untuoso, como se fosse banhado em talco...

A "tabacaria" é pouco antes de chegar ao Nacional. Primeiro aquele balcãozinho estreito e com guichês pra o bicho. No fim do corredor — o salão. Desde que se passa a porta que separa a "tabacaria" dos guichês do *bicho*, que já se começa a ouvir o barulho das fichas. Os homens não falam. Fumam e caminham, fazem o jogo. Alguns têm as mãos cheias de fichas e um ar de despreocupação naquele seu andar daqui pra ali, em torno da mesa. Há os que se conservam sempre sós, num afastamento sistemático. Trajam sempre com um certo apuro. Têm o aspecto distinto, a cara de quem não conhece todos os motivos que possuem os homens pra se incomodarem... se indisporem... se atirarem uns contra os outros... Ninguém lhes poderá ler na fisionomia se ganham ou se perdem. São conhecidos e respeitados pelos empregados da "casa" — que, entretanto, estão sempre em guarda, sempre com desconfiança com o geral da *freguesia*: com ele, com o Alcides, com os demais.

Já está perto.

O Horácio lá vem vindo com o outro sujeito. Vêm pela calçada do sol. Não vá que atravessem precisamente agora. Convém apressar o passo. — E Naziazeno visa um ponto na altura do olhar e lá se vai ligeiro e em linha reta.

À porta da tabacaria há pessoas olhando quem passa. Ele entra ainda com aquele ar de pressa, de precipitação. O caixeiro, sentado, num banco alto atrás do balcão, olha-o, meio se reergue, como à chegada dum freguês. Mas Naziazeno não parou. Vai direito à porta, uma porta de vaivém. Tem de dar passagem a dois sujeitos que do lado de dentro a estão empurrando. O da frente passa e fica segurando a meia folha pra o outro também passar; e ao mesmo tempo lhe vai dizendo qualquer coisa. Naziazeno fica de parte durante esse tempo. O sujeito da frente é gordo, a barriga proeminente. Fuma com displicência. O outro olha pra baixo, escuta, faz sinais de assentimento com a cabeça. Nem reparam na sua presença...

Os guichês do bicho — vazios.

Avança. O corredor, lá no fundo, não tem porta. Desemboca diretamente no salão, sobre um dos lados. O salão é envolvido por uma luz pálida, dessas luzes que provêm das áreas. Naziazeno vê lá no fundo o perpassar de sombras. Chega-lhe aos ouvidos um ruído surdo de passos, polvilhado por um crepitar fininho de fichas. E nenhuma voz. Parece que, lá dentro, *estão* ocupados num trabalho árduo e concentrado...

13

Os jogadores fazem o jogo, curvados alguns sobre os números. Muitos dão a volta à mesa. Outros já distribuíram as suas fichas: retiram-se para trás, para junto das paredes mesmo. Ninguém presta atenção a quem entra ou sai. O *croupier* olha para aquela atividade com um olhar de cima, a cara fechada e atenta.

Com um relance da vista Naziazeno percebe que o jogo já está quase feito. Mete nervosamente a mão no bolso da calça e tira os cinco mil-réis. Tinha feito o propósito — a promessa quase! — de jogar no 28 o primeiro dia que entrasse na roleta outra vez. A bolinha já gira. O olhar acostumado encontra facilmente o 28. Já abriu uma passagem. O seu braço estende-se, levando os cinco mil-réis pra aquele número. Mas um medo prudente o detém. E como o tempo urge, deposita rapidamente a cédula no retângulo da terceira dúzia.

— Feito! — observa o *croupier*. E passado um momento de silêncio e de expectativa anuncia:

— 28.

Um tumulto e um estado de confusão enchem a cabeça de Naziazeno. Tem apenas uma vaga ideia de que ganhou. O choque é tão brusco que não lhe fica tempo para se arrepender. É quando recebe o *dinheiro* que faz o cálculo: cinco mil-réis... cento e setenta e cinco!... Tudo resolvido assim num segundo... Fita a cara do *croupier*, olha pra os lados!... Estará mesmo neste mundo? neste dia?...

Os jogadores estão mais uma vez na sua *ocupação*, com o seu silêncio, os seus passos surdos polvilhados daquele crepitar fininho...

Entrando pouco a pouco na calma outra vez. Raciocinante. É conveniente comprar fichas. Com quinze mil-réis em fichas já tem margem pra muito jogo. Encaminha-se para o guichê. Volta com uma pilha de rodelas na mão.

Agora, vai fazer a *coisa* estudada. Mas, se tivesse seguido a sua inspiração...?

Ele mesmo se admira daquela sua serenidade, do seu equilíbrio. Chega-se à mesa da roleta com a tranquilidade e segurança de quem vem tomar parte num trabalho comum de responsabilidade, para o qual porém se encontra apto. Cobre vários números, alguns em pleno, outros com meios, com quartos. Põe umas fichas na cor.

— Feito!...

Algum retardatário ainda pinga uma ficha aqui e ali...

— 31...

E os ancinhos arrastam... amontoam... amontoam, arrastam...

Nova *bola*. O silêncio não se quebrou. Aquele silêncio não se quebra... Muito é se um que outro troca alguma impressão com um vizinho.

As fichas de Naziazeno cobrem uma área ora maior, ora menor. Às vezes se apoucam tanto, que ele tem uma apreensão! Mas um pouco de prudência e uma pequena concessão da sorte colocam outra vez na sua mão o número de rodelas necessário pra continuar o combate...

— Feito... 15.

Se se conduzir sempre assim, é capaz de ter dinheiro pra jogar uma tarde inteira...

Mete no fundo dum dos bolsos duas fichas grandes, de cinco mil-réis, e fica combatendo com um punhado de fichas menores.

Não se sabe quanto está ganhando. Nem ao menos quer pensar nisso, porque não lhe seria difícil calcular, mesmo sem contar, pela simples vista das fichas, e ele não quer saber... não quer saber...

Já joga há muito tempo.

Ao seu redor aquela multidão tem-se renovado, sem se alterar todavia. A cada momento espera ver entrar o Alcides ou o Duque.

Sobre um dos lados, sentado numa cadeira (na única cadeira que talvez exista ali) está um sujeito com o ar imbecilizado, um pobre-diabo que ele conhece muito por ver constantemente na rua, nos cafés. Nunca pôde entretanto saber quem seja. O sujeito olha muito pra ele, com a expressão de conhecido, de quem está prestes a entabular uma conversa. Ele não joga. Que estará fazendo aí?...

Já duas bolas seguidas que não tira nada. Vai mudar de tática: vai perseguir um número, botando também alguma coisa na dúzia correspondente.

O "seu" número já tem jogo na ocasião em que faz o seu. Pouco jogo. O chuveiro das fichas prossegue... prossegue... estendendo uma toalha multicor sobre a superfície luzidia do oleado... De quando em quando cai uma sobre o número que jogou. A sua ficha meio que se oculta já debaixo de outras que vieram depois.

Extinguem-se pouco a pouco os passos, a crepitação fininha. Agora, é um pequeno martelar, suave e claro, com pequenas intermitências, sem ritmo certo da bolinha que salta na bacia. Depois, ela encontra a sua loja, a sua casa. Pronto! e a cara do *croupier* é um oráculo prestes a despejar sobre todos a decifração do mistério...

Os ancinhos de novo... De novo os montes de fichas... Mais um número no quadro-negro que registra a sucessão de bolas... Depois, o recomeçar.

Aquele sujeito, o ar decidido, dá volta à mesa, o cigarro pendente do beiço, a cara tranquila, talvez satisfeita, fazendo o jogo. As fichas caem uma a uma da pilha que tem na mão, entre os dedos em cone, como um pacote de bolachinhas que se desfaz. Quando parece ter acabado a operação, espalha o olhar sobre os números, abrangendo tudo. Depois, com um movimento vivo e brusco do corpo, chega-se de novo à mesa — e o *pacote de bolachinhas* se desfaz uma vez mais. Novo olhar, novas fichas (novo "retoque"). "— Esse sujeito deve ser um folgado" — observa Naziazeno para si.

As fichas estão diminuindo! as fichas estão diminuindo! Todo o seu ser entra em alarme. Vai botar apenas na cor por enquanto. No encarnado.

Toda a área tem um cheiro amoniacal, acre e forte, que irrita as narinas. Mal se lhe pode dar um passo, de tão *alagada*.

Naziazeno perdeu a noção do tempo. Mas deve ser tarde: está *lutando* já há muitas horas. Levanta o olhar para o retângulo do céu, lá em cima no recorte daquelas paredes altas: a luz tem uma tonalidade pálida, de fim de dia.

O dia continuou... O dia não parou...

(É criança de novo. Dormiu a sua sesta, como a gente grande. Foi a primeira sesta *consciente*. Levantou-se no meio dum silêncio. Fazia uma claridade pálida, de crepúsculo, de madrugada. A casa aberta, vazia. Pensa que é de manhã cedo. Encontra o pai, sem casaco, indo e vindo pelo pátio. *Sabe então que é o mesmo dia...*)

Quando mete a mão no bolso e retira uma daquelas duas fichas de cinco mil-réis, todo o seu cansaço, fraqueza, sonolência desapareceram! Está trêmulo, mas lúcido. O perigo...

O seu jogo tem de ser agora calculado.

A primeira coisa aqui é triplicar, dobrar esse dinheiro. Na cor? Na dúzia? Vem-lhe o impulso de meter tudo em cima dum só número: 28!

Mas é preciso se decidir. O *croupier* já abrangeu a mesa do seu olhar inspecionador. Já comprime a bolinha entre o dedo e a superfície lisa e curva da bacia. Vai largar.

(Era propósito seu, o primeiro dia que entrasse outra vez na roleta...)

O seu olhar procura o 28. Os algarismos mal se distinguem sob as fichas que se acamam por cima deles.

(Era propósito seu...)

Está ouvindo a voz do *croupier* cantar o 28.

Junto à mesa, só ele e mais dois — um dos quais o sujeito de cigarro pendente dos beiços e aspeto contente e resoluto... A bolinha escapa-se do dedo do *croupier*, faz um giro rápido bem de encontro à parede curva da bacia. Um primeiro salto. Outro... — Naziazeno tem uma contramarcha brusca, atira a ficha na PRIMEIRA DÚZIA, e espera, branco, imóvel.

— Feito!...

Um turbilhão enche os seus ouvidos. Vem-lhe o medo de ter uma vertigem.

A voz do *croupier*:

— 12!...

Os ancinhos limpam... limpam...

Os "auxiliares" com o dedo verificam as fichas contempladas, cantam os seus característicos, dizem a quantidade devida, enquanto outros vão empurrando pra os ganhadores aqueles cilindrozinhos feitos de rodelas de várias cores, vários desenhos. Naziazeno recebe duas outras fichas iguais à sua e pede troco.

Agora vai espalhar.

Distribui segundo um plano. Deixa uma ficha no 12.

O sujeito do cigarro pendente, quando parece que vai dar por terminado o seu jogo, encara um ponto qualquer do oleado; e, como um pintor que põe uma pincelada de tinta num lugar onde estava faltando, deixa cair uma, duas fichas aí, e ainda as fica contemplando por um momento, como que buscando um *efeito*...

A mesa cobre-se de mais uma camada. A bolinha escapa-se do dedo do *croupier*. Gira. Salta, salta. Encontra uma loja...

— Feito!...

Outro número vai se juntar à série, no quadro-negro suspenso da parede.

Naziazeno é todo atividade. Calcula na mão (é bom levar controlado...), calcula uns doze mil-réis. Fora o jogo feito e a ficha de cinco mil-réis que se acha no bolso.

Está carregando agora no 17. O 17 ainda não saiu.

— Feito!... 20...

Perdeu.

Pega sete mil-réis em fichas e espalha. O 17 leva dez tostões.

— Feito!

Atenção.

— 21!

— 20... 21... — resmunga um sujeito, de mau humor.

Tem cinco mil-réis na mão! Renovar aquela proeza? dobrar? Precisa refletir, precisa tempo. Perderia essa bola, se não fosse das últimas. DAS ÚLTIMAS!! Mas se sente sem *plano*!... Vai meter uma fichinha pegando o 17, o 18, o 14 e o 15.

— 17 — anuncia passado um momento a voz do *croupier*.

O 17 saiu. — Há uma certa animação entre os jogadores. Parece que o fato de ter dado um número que ainda não mostrara a cara imprime como que uma nova ordem no jogo...

Naziazeno ataranta-se. Faz o seu jogo rapidamente.

Não pode ser demasiado prudente: o tempo se escoa.

— Atenção...

E um segundo depois:

— 35!

Ele está jogando com umas fichas amarelas, com um coração azul no centro. Os ancinhos arrastam aquela vaga grossa, no seio da qual Naziazeno vê rebrilhar as fichas amarelas com o coração azul...

Tem duas fichas na mão. Trocando a de cinco mil-réis que pôs de parte, ainda pode aguentar por algum tempo. Em duas ou três bolas que ainda possam estar faltando, com prudência, com cálculo, poderá se salvar!

— Me faça o obséquio? me troque essa ficha...

Alguém a seu lado observa que essa é a penúltima bola.

Estende uns dedos trêmulos à espera das fichas. Quando se vê com elas na mão, tem uma resolução súbita: vai pôr tudo na TERCEIRA DÚZIA. Se pegar, mete tudo a seguir no 28. Ou tudo ou nada.

— Feito!

A voz já não é mais cantante. Soa rouca e cansada.

Naziazeno vai se esgueirando... se esgueirando...

Chega-lhe distintamente aos ouvidos o número:

— 3...

Ele desaparece.

14

Atravessa a "tabacaria". Atinge a calçada. Segue à esquerda. Dá alguns passos na rua quase deserta, mas volta pra a tabacaria, pra ver que bicho deu. Chega à porta. Mete a cabeça pra dentro. Num lugar, ao mesmo tempo visível e discreto, está uma lousa comum, de colégio. A giz, em algarismos grandes, de traços grossos, o número — 421. Perdeu: eles tinham jogado no 38 e centenas, invertidas algumas.

Vai até a esquina do café (ali perto). Espia duma das portas. O seu olhar está fixo, a cara *igual*, os maxilares fortemente unidos, como num espasmo... Demora-se um segundo, e abala, seguindo ao longo da rua.

Muitas casas de comércio já estão fechadas. A luz do dia é mortiça. O calor abrandou.

Com o caminhar, um pouco de vento, uma certa aragem lhe vem à cara e refresca-a.

Ao chegar à esquina duma rua em declive, por onde descem bondes, tem de esperar que passem um bonde e um automóvel. O bonde vem quase vazio. Um indivíduo de meia-idade, sobre uma das janelinhas, olha pra tudo com um olhar sereno de recreação...

A quadra seguinte, em que há pouco desse comércio "elegante", se acha mais deserta ainda.

Dobra uma esquina. Entra numa rua mais larga.

Às horas de movimento, esta rua está sempre coalhada de automóveis. Nesse momento se encontra tão desabitada como as outras.

Naziazeno vai andando.

Desemboca numa avenida. Os edifícios, altos, têm uma faixa de luz, alaranjada e distante, sobre os últimos andares. O estrépito dum bonde que desce enche dum ruído duro o ar silencioso.

Atravessa a avenida. Poucas casas abertas. A bem dizer, apenas os armazéns.

Continua andando.

Já se avistam esses pavilhões compridos, antigos trapiches, que avançam agora na areia do recalque, como ainda há bem pouco nas águas do rio.

O espaço está mais livre. Faz-se um contacto mais estreito com o dia e com a tarde.

Naziazeno toma a grande artéria onde se concentra todo o grosso comércio da cidade. Ao chegar ao meio da quadra mais ou menos, atravessa a rua, enveredando pra uma grande casa atacadista, assinalada por duas enormes placas metálicas colocadas dum lado e doutro da porta principal.

Só uma meia folha aberta.

Na ocasião em que Naziazeno vai chegando à porta, sai de lá de dentro um indivíduo de cara de pedra e rugas de concentração em torno dos olhos, na testa. Vem saindo meio de costas, ocupado em meter na fechadura uma das chaves, do chaveiro que uma longa corrente de ferro branco prende no cinto.

— Boa tarde.

O indivíduo volta-se lentamente, ao mesmo tempo que dá um puxão enérgico na meia folha entreaberta. Vê Naziazeno. Responde-lhe o cumprimento e passa duas voltas de chave na porta.

Acomoda o chaveiro no lugar. Tem os olhos fixos no outro:

— Deseja alguma coisa?

— Queria falar com o senhor.

— Comigo?

— Sim.

Há uma pequena pausa.

— O que é que deseja?

— Queria pedir-lhe mais um favor — diz Naziazeno.

O indivíduo espera que ele fale, explique.

— Só a grande necessidade me traz aqui na sua casa, antes de resgatar aquele vale.

— O vale resgatará quando puder — responde-lhe o indivíduo. Tem uma leve impaciência. Olha para os lados. Parece que tem necessidade de se ir embora.

— Agora, no fim do mês — diz-lhe Naziazeno. — Vai ser o meu primeiro pagamento.

O indivíduo não faz nenhuma observação.

— O senhor não imagina o que tem sido ultimamente a minha vida... As dificuldades...

— Imagino.

— Hoje, aqui onde me vê — diz-lhe Naziazeno, numa confissão — ainda não almocei.

— Como?! Não tem o que comer?...

Um vermelhão cobre a cara de Naziazeno.

— Não é isso — acrescenta ele, justificando-se: — tive de ficar na cidade... pra conduzir um negócio... Não pude voltar pra casa pra almoçar.

(Não diz: "— E não tive dinheiro pra almoçar na cidade".)

O outro ouve calado.

Naziazeno:

— Não tenho a quem recorrer, e preciso com urgência de... (Vai dizer "cem", mas detém-se. Acha uma quantia despropositada)... de... sessenta mil-réis...

O indivíduo faz um movimento com a cabeça:

— Não me é possível.

Naziazeno torna-se instante:

— Assino-lhe um vale. Venho pagar no fim do mês.

O outro repete o movimento da cabeça:

— Impossível.

— Pra o senhor não lhe custa — e Naziazeno força um tom de amabilidade — e pra mim é tudo, acredite.

— Não duvido. Mas me é impossível — martela o indivíduo.

Naziazeno "faz" o suspicaz:

— Tem medo que não lhe pague?

— Não é isso: é que não posso na ocasião.

Naziazeno aspira um pouco de ar, que vai lhe queimando e lhe ardendo por dentro.

— Assino-lhe um vale…

— Demais — e o indivíduo olha pra porta fechada — o caixa já saiu. Já saíram todos.

"— Mas… daí do bolso! da carteira!" — vai dizer-lhe Naziazeno. Lembra-se da carteira do Costa Miranda, com compartimentos próprios pra cada espécie de cédulas. Contém-se e acrescenta:

— Talvez não lhe fosse custoso… Particularmente…

— É impossível.

Um silêncio.

— É uma conta que eu quero pagar amanhã cedo — explica Naziazeno.

E, como o outro nada observe:

— Não tenho mais jeito — conclui ele — de pedir ao meu credor que espere mais algum tempo.

— Ah! mas ele terá de esperar — faz o indivíduo com o seu tom sereno e natural.

O sujeito quer ir embora. É evidente. Mas Naziazeno se agarra a essa "esperança" com obstinação nervosa:

— Quem sabe se é porque ainda não lhe paguei o vale atrasado?…

— Não, não é por isso.

— O senhor pode ter confiança…

Outro silêncio.

— Antes de me resolver a vir incomodar o senhor, esgotei todos os outros meios — acrescentou Naziazeno.

O indivíduo tem o ar cândido de quem acredita em tudo, em tudo.

— Bem, eu vou indo — diz ele. E espicha a mão para Naziazeno, ao mesmo tempo que esboça um movimento de fuga.

— Eu também vou pra esse lado — diz Naziazeno. — Eu acompanho-lhe até a esquina.

Naziazeno, caminhando à sua esquerda, vai-lhe *cantando, cantando*.

Chegam à esquina. O indivíduo olha pra todos os lados, impaciente. Lá longe, pouco pra cá da estação da estrada de ferro, vem vindo um bonde. A rua está vazia.

O indivíduo começa a olhar naquela direção. Parece não estar ouvindo as palavras instantes do outro.

O bonde vem parando em todas as esquinas.

O sujeito move os pés, muda de lugar. Ergue a cabeça como para furtá-la *àquilo*, àquelas súplicas. Mas Naziazeno continua, continua...

Eis o bonde! Já se lhe ouve o barulho, que retumba na rua deserta.

— Aí vem o meu bonde...

Diante daquela ameaça de escapar-lhe a presa, Naziazeno tem uma derradeira imploração. Fala-lhe com desespero, com angústia.

— Mas o senhor é imprudente — retruca-lhe o outro. — Já não lhe disse que não me é possível?

Corre. Pega o bonde mesmo caminhando.

O indivíduo vai-se arrastando no estribo, agarrado aos balaústres (é um bondezinho dos antigos), à procura dum lugar certamente. Levanta depois uma perna, ergue todo o corpo com um impulso, a cabeça desaparece à primeira dentro do bonde. Depois, o resto do corpo...

O bonde vai ficando menor... o ruído das rodas cada vez menos distinto.

A curva. Os perfis dos poucos passageiros destacam-se contra a tarde como figuras de cartão, sem relevo nem detalhes. Um guincho especial, que entretanto lhe chega abafado e distante, escapa-se das rodas, enquanto o bonde faz meia-volta. A sua marcha é reduzida. Ele desaparece lentamente...

Às costas de Naziazeno se acha uma pequena rua transversal que vai ter às docas em construção. É uma rua inacabada, que, poucos passos depois da esquina, se perde na areia.

Ele toma essa rua.

Dum lado e doutro ela é margeada agora de umas construções de madeira, compridas e baixas, pintadas de negro. Dois ex-trapiches. Um deles — o da esquerda — continua ainda por uma ponte pela areia adentro. Do meio pra o fim, o piso da ponte desapareceu: estão somente as estacas, deixando escapar apenas de sobre a areia um pequeno esquadrão de cubos de madeira, avançando em filas escuras até quase a linha do dique.

A cidade se recorta sobre a claridade avermelhada que tem o céu para os lados onde está se escondendo o sol. O semicírculo do horizonte que Naziazeno abraça com o olhar está pesado de vapores. O rio, que reflete e baralha as cores escuras e claras do céu, tem um movimento lento e espesso de óleo. Bem à direita, lá longe, quase sobre as ilhas baixas, as sombras dos grandes navios ancorados no largo cavam buracos pretos na água grossa.

Naziazeno vê-se rodeado de areia, perdido naquele pequeno deserto. Ensaia safar-se pela esquerda, alguns metros mais abaixo.

Tem grandes passadas. Arrasta enormes pés de chumbo...
Isso cansa...

Volta pelo mesmo caminho e vem sair outra vez na grande rua comercial.

15

A rua assim, com as casas todas fechadas, parece outra. Já não se vê mais nas partes altas dos sobrados aquela faixa alaranjada e distante. Não é que o sol já haja entrado; lá ainda está aquela moeda em brasa, a dois palmos acima do horizonte, mas por tal forma envolvida na "evaporação", que a sua luz já desapareceu de todo.

Com as portas cerradas, assim silenciosas, mudas, as casas e as "firmas" assumem um caráter de maior respeito, de maior importância... As firmas, que ele vai lendo escritas nas paredes ou nas placas de metal, *soam* diferente, com outro prestígio... *Souza, Azevedo & Co*... SOUZA... AZEVEDO... & CO... É de estarem as casas fechadas, eretas, mudas.

O dia *terminou* ali. Os operários lá nas "obras" estão "largando" — cada um com a sua latinha de comida. Vão disciplinarmente à guarita do seu Júlio, pra ser passada a revista. Todos aqueles homens podiam ser ladrões... O seu Júlio não acredita... nem desacredita: ele revista apenas. É uma obrigação que uns e outros têm...

Aquele penacho de fumaça escura que se ergue meio dobrado sobre o céu pesado de vapores são as "Obras". A fumaça é da usina.

Está longe. Calcula uns dois quilômetros.

Deixa! É fácil saber... Pelo comprimento do cais já construído...

(Faz um cálculo. Surgem embaraços. Desiste.)

Vem daqueles lados um ruído surdo: a cidade.

Passa por uma "casa" fechada como as outras e como elas imponente, misteriosa... De cada lado duma das portas, da principal, as placas metálicas, quadrangulares, grandes. Naziazeno, sem se deter, põe o olhar na porta, na fechadura. A porta é pintada duma cor cinzenta (cinzento meio azulado). Acima do disco pequeno e saliente da fechadura de segurança — um buraco escuro, da chave antiga, daquelas chaves pretas, grandes, como a sua. — Na altura da fechadura, o cinzento azulado está negro, sujo — das mãos...

Continua.

Ao chegar às esquinas, o seu olhar se enfia nas ruas transversais: elas já têm uma sombra, lá pra as bandas do centro...

Lá vem um automóvel. Assim de frente parece uma baratinha. Uma baratinha que ele vê sempre estacionada defronte do quartel-general. Vem vindo... vem vindo... Mas diminui um pouco a marcha... meio deixa a margem do passeio... Parece que vai dobrar, que vai entrar na rua Santa Catarina. — E o automóvel faz lentamente a curva, entra, com um balanço, na rua transversal. É um enorme automóvel, aberto, tipo antigo.

Tudo isso assim ao longe parece imponderável, diferente...

Vai andando.

No Hotel Sperb, debaixo da marquise, um empregado (fardado) conversa com um sujeito de *culotte* e perneiras, um chapéu de abas largas, de *cowboy*.

O bonde apontou no começo da rua.

O trilho ocupa bem o meio. Olhando pra o bonde e ao mesmo tempo pra o vão da rua, com casas altas dum lado e doutro, sente-se um *certo equilíbrio*... Mas a rua há de ter uma *mão* só, com toda a certeza.

De vez em quando Naziazeno respira fundo. É uma respiração ardida, como lhe acontecia muito noutros tempos, ao chegar a noitinha, quando fumava. Ele atribuía ao fumo.

Naquela travessa estreita e deserta, aquela fachada do sobrado tem o ar abandonado e triste dum oitão...

O inspetor de veículos acompanha-o demoradamente com o olhar. A essa hora não há quase serviço pra eles.

Avança...

Através as pérgulas e os arbustos da praça lá no fundo, distingue a esquina do mercado. Um pouco mais para diante, na altura do portão central, há movimento, pessoas que atravessam a rua. Bondes, automóveis desembocam na praça, fazem a curva defronte da grande casa que toma todo o quarteirão.

Os pios das buzinas chegam já, meio veladamente, aos ouvidos de Naziazeno.

Atinge a esquina da rua Santa Catarina, por onde entrou o *auto*... É larga, bonita. Diminui o passo, até quase parar: fica olhando ao longo da rua... No fundo, passando a avenida, estacionam alguns automóveis... Uma *limousine* mesmo vai nesse momento fazendo a manobra pra sair. Naziazeno para. A *limousine* toma impulso, aproxima-se da esquina onde começa uma ladeira forte; buzina. Ele distingue a figura do inspetor do tráfego quadrando-se todo, dando passagem. — A *limousine* desaparece numa curva.

Levantou um pouco de vento do lado do rio. Bate na nuca de Naziazeno. Ele olha nessa direção. Emergindo de sobre a linha de areia, lá está, encostada ao cais em construção, uma draga. — Naziazeno se põe outra vez a andar.

Atravessa a rua, alcança o passeio e continua sempre em frente.

O canto do mercado, através as pérgulas e os arbustos da praça, avança na meia penumbra como uma aresta.

16

Ao defrontar a esquina do mercado, ele ouve o seu nome:

— Naziazeno!

A voz vem de dentro do café. Para. Move a cabeça. Procura.

— Aqui, Naziazeno...

Onde? Onde? Chega à porta. Inicia mesmo um passo. Olha por cima das cabeças — Ah! aqui... — E vai até a mesa para onde Alcides com gestos o chama.

Ele está com um outro cidadão. Naziazeno não o conhece. Alcides quer saber onde ele se meteu.

— Andei por aí...

— Estiveste no Andrade?

— Sim...

Há um pequeno silêncio. Depois do que, Alcides reata a conversa com o cidadão:

— É o que eu ia lhe dizendo. Essas coisas começam por uma mascarada, e depois terminam no sangue... Assim foi na Alemanha.

O cidadão entretanto não pensa do mesmo modo. Estabelece-se uma pequena discussão. Naziazeno tem uma sensação de oco na cabeça. Todo ele em seguida parece que é arrastado para a frente. Num movimento brusco, apoia-se com as mãos fortemente na mesa.

— O que é que você está sentindo? — indaga-lhe Alcides, enquanto o outro cidadão o observa atentamente. Ele está muito pálido.

— Uma tontura.

— O que é que quer tomar?

— Um cafezinho mesmo.

Alcides conserva-se um instante pensativo.

— Você ficou branco — diz-lhe Alcides, passado um momento. — Não será alguma doença isso que você sentiu?

— Não: é da caminhada. Tenho estado de pé todo o dia.

Outro silêncio.

Alcides:

— Como você se foi?

Naziazeno desvia a cara pra um lado, pra outro, lentamente. Alcides o segue com o olhar.

— Não se foi bem?

Ele lhe faz um gesto com a cabeça.

Nova pausa.

— Não viste o Duque? — pergunta Naziazeno.

Está ali — e Alcides, ainda preocupado, aponta com um gesto uma mesinha não muito distante, onde o Duque conversa, o ar respeitoso, com um cidadão velhusco, de aspecto distinto.

— O Andrade pagou?

Naziazeno vai responder. Mas olha pra o sujeito. Hesita. Alcides, que fez a pergunta e baixou os olhos, mexendo com o dedo qualquer coisa sobre o mármore da mesinha, não percebe a indecisão do amigo.

— Vocês querem conversar e eu vou me retirando — diz o cidadão.

— É cedo...

Mas se levanta. Chama o garçom:

— Quanto é isto?

E se despede de Alcides e de Naziazeno, depois de ter deixado sobre a mesinha os níqueis da despesa.

— Quanto deu o Andrade? — pergunta Alcides, assim que o cidadão se foi embora.

— O Andrade me embrulhou — responde-lhe Naziazeno.

— Tu fizeste algum desconto na dívida?

— Não. Ele se recusou a pagar.

Naziazeno conta-lhe tudo. Mas não diz que esteve no banco.

— Este sujeito é um canalha — diz Alcides com voz sombria. — Eu vou ter amanhã uma explicação com ele. — E depois de um instante, com interesse:

— Você arranjou o dinheiro?

Naziazeno responde-lhe mais com a cabeça do que com a palavra:

— Não...

Alcides volta a ficar pensativo. Depois:

— Deu o 21. Você já sabe?

Naziazeno tem um gesto afirmativo.

— Tudo também me saiu mal hoje — acrescenta Alcides. E noutro tom:

— Você almoçou?

— Ainda não.

— Tome qualquer coisa então. O que é que vai tomar?

Naziazeno hesita, sem vibração, sem vontade.

— Um café, com pão e manteiga?...

— Não: um copo de leite.

(Tem quase um sorriso interior a esta palavra: lembra-se do bonde; do vidro de leite que o sujeito aquele levava pra seu almoço; e da sua observação...)

O garçom traz o leite.

— Levante tudo isso daqui — diz-lhe Alcides.

O rapaz retira as xícaras, os copos. Limpa a mesinha. Naziazeno bebe o seu leite com goles miudinhos, o esôfago fechado.

— Você tentou alguma outra coisa na repartição?

Naziazeno engole o bocado de leite que começara a sorver:

— Não — respondeu-lhe a seguir — não voltei à repartição.

— E o que é que fez, que eu não encontrei você nos cafés, na rua?

Naziazeno conta-lhe por alto o encontro com o Costa Miranda, e a sua "tentativa" na roleta. Silencia porém sobre aquela última *démarche* na "firma" fornecedora...

— Eu quase que estive entrando na roleta hoje — diz-lhe Alcides.

Ficam silenciosos um momento. O amigo, depois:

— Desistiu de cavar esse dinheiro?

Naziazeno tem um gesto vago. Vai dizer qualquer coisa. Mas cala-se, numa preguiça, num desânimo, num desconsolo...

— Eu ainda não falei ao Duque a esse respeito — continua Alcides. — Talvez que o Duque possa ajudar.

E vira-se para a mesa onde o Duque conversa com o cidadão meio velhusco. Só o cidadão está falando. O Duque ouve, ouve, uma atitude respeitosa.

— Quem é aquele homem? — indaga Naziazeno.

— Também não sei. Talvez seja um rábula de que o Duque me falou. É um sujeito com quem ele tem negócio.

— O Duque sabe que você está aqui?

— Sabe — responde Alcides. — Nós viemos juntos.

Grande silêncio.

Alcides voltou a ter aquela cara de sono, cara de menino grande. Olha a rua, o tórax meio curvado para diante.

— Parece que a chuva é pra esta noite — observa, depois.

Naziazeno "vê" o sol, uma moeda em brasa suspensa num vapor avermelhado e espesso.

— Mas o que é que há de verdade — pergunta Naziazeno, depois dum momento — em toda essa conversa de Andrade?

Alcides tira os olhos da rua; fecha-os por um instante; abre-os de novo e depõe o olhar no olhar do amigo. Alcides ficou com o rosto vermelho.

— Tapeação... Eu já disse pra ele: não tenho nada que ver com o Mister Rees. O meu negócio foi com ele.

E para o garçom, que anda perto:

— Me enche um café aqui.

Ele vai outra vez ficando pouco a pouco senhor de si.

Naziazeno está bem tonto. Não aquela vertigem de há pouco. Uma tontura boa, de sono apenas.

De quando em quando Alcides espia o Duque. O Duque ainda não olhou nenhuma vez pra a mesa deles: é todo atenção pra o sujeito velhusco e de ar distinto.

Naziazeno se esforça por não pensar... Está gozando dum repouso... dum repouso...

O sujeito distinto e velhusco disse qualquer coisa engraçada. Ri. Duque também ri, um riso curto, de polidez, que se acaba logo. Ao mesmo tempo relanceia os olhos pelas mesas vizinhas. Dá com a cara de Naziazeno. Faz-lhe um gesto com a cabeça, um cumprimento. Mas o cidadão já está contando outra coisa qualquer: Duque outra vez mete os olhos nos olhos dele, o tronco meio curvado. Atenção.

Naziazeno não se lembra de ter visto aquela cara.

— Rábula — você disse?...

— Creio que é um rábula.

— De fora?

— Penso que daqui.

Pausa.

Naziazeno:

— O que é que Duque tem com ele?

— Um negócio, parece.

Novo silêncio.

— Onde é que o Duque andava esta manhã? Não te disse?

— Não perguntei — faz Alcides, o olhar outra vez na rua.

A tontura está passando. Vem-lhe pouco a pouco uma sensação de lucidez... um interesse... uma esperança...

— Quando será que esse sujeito vai largar o Duque? — faz Naziazeno, pensativamente.

Alcides volta-se para os dois. Duque tem o jeito de estar fatigado...

— Pode-se chamar. Você quer falar com ele?

— Quero.

— Psit! Olha!... psit! Aqui... Garçom!

O garçom volta-se:

— Me chame aquele moço ali. Naquela mesa.

O garçom aproxima-se do Duque. Olha para o Alcides, numa consulta, de longe.

— Esse — responde-lhe Alcides, fazendo um movimento afirmativo de cabeça.

O garçom dá o recado. Duque escuta-o, voltado para ele. O cidadão interrompeu o que estava dizendo, e olha também para o garçom.

Terminado o recado, Duque vira-se para os dois amigos e faz-lhes um gesto com a mão, *dizendo-lhes* que esperem.

O cidadão também olha pra eles. Diz qualquer coisa com o ar solícito e educado para o Duque. Este levanta-se. Tem algumas palavras para o cidadão, que faz um gesto grave com a cabeça e depois se recosta na cadeira, à espera.

— Aí vem ele — diz Alcides.

Ajeitam a cadeira para o Duque.

Ele se senta. Dirige-lhes duas ou três palavras.

— O Naziazeno tem um grande aperto hoje — informa-lhe Alcides.

— Sim?...

Duque volta-se inteiramente para o lado de Naziazeno. Avança-lhe um focinho sereno e atento. O olhar tem uma fixidez meio triste.

Naziazeno sente um leve constrangimento.

— O que é que há?

Naziazeno vai falar. Tem a palavra um pouco hesitante. Alcides rapidamente põe o Duque ao corrente de tudo.

Duque vira-se para o Alcides:

— Vocês já estiveram com o Rocco?

(O agiota a que se referiu o Costa Miranda. Naziazeno põe os olhos na cara do Alcides.)

— Não... — diz este, e fecha os olhos, tira-os dos amigos e mete-os na rua.

— Vocês precisam ir no Rocco — diz o Duque.

Faz-se um pequeno silêncio.

Alcides depõe outra vez o olhar no amigo:

— Eu tenho uma letra lá com este sujeito, que ainda não levantei.

— Não importa — observa-lhe o outro. — Não tem avalista?

— Tenho.

— Pois então?...

O garçom aproxima-se.

— Vou tomar um café — diz o Duque, e vira a xícara. O garçom serve-lho. Ele põe o açúcar. Mexe. Sorve um gole.

— Digam que vão de minha parte.

Alcides reflete.

— Quanto devo pedir?

— Arranja uns cem mil-réis. — E sorve o resto do café.

Naziazeno figura-se aquela nova caminhada até a travessa Paissandu, ao escritório do agiota. Tem as pernas cansadas, pesadas, meio dormentes. Uma fadiga física sobe-lhe por elas, lentamente, como uma inundação.

Dirige-se ao Alcides:

— Você não podia ir sozinho?

O outro observa-o um instante. Parece que reflete. Por fim concorda.

— Então é bom ir o quanto antes — recomenda-lhe o Duque.

— Você acha que ele ainda não fechou?

— Eles vão até quase às sete.

Alcides se ergue.

— E onde é que vocês vão ficar me esperando?

— Pode ser aqui mesmo... — insinua Naziazeno.

— Não: nós vamos esperar você no Nacional defronte do Banco do Comércio.

— Está bem.

E Alcides se toca.

— Vamos um momento até ali à minha mesa — convida o Duque.

Paga a despesa. Levantam-se.

Quando chegam à mesa, o cidadão meio velhusco contempla atentamente a cara de Naziazeno.

— É um amigo meu — apresenta o Duque.

— Naziazeno Barbosa... um seu criado...

— Muito obrigado — diz o cidadão. — Anacleto Mondina...

Sentam-se.

Duque se acomoda. Põe outra vez um olhar de atenção no rosto do sujeito.

— Mas o que é que estava contando?

— Ah! — faz ele vivamente. — O caso daquela justificação de posse.

"— Evidentemente ele está enumerando os seus triunfos" — pensa Naziazeno, com um cansaço antecipado.

O cidadão vai falando, ao mesmo tempo que relanceia o olhar para o rosto de Naziazeno. Naziazeno está branco, os olhos no fundo. A cabeça pende um pouco, como que pesada.

— O meu amigo teve um dia bem puxado hoje — observa o Duque, com um ar de familiaridade, procurando dar uma explicação. Naziazeno levanta a face. O cidadão observa-o melhor.

— Doença em casa?...

Naziazeno tem um gesto com a cabeça:

— Não...

Duque completa:

— Negócios...

Quando se levantam para sair, o cidadão velhusco vai conversando com Naziazeno:

— Eu já me encontrei numa situação assim.

A seu lado, Naziazeno ergue-lhe um focinho humilde. Vai fazendo gestos de aquiescência com a cabeça.

— Isso que o senhor me conta dos níqueis pra o bonde, dos vidros e garrafas vendidos pela mulher — tudo já se passou comigo.

E voltando-se vivamente para o Duque, que caminha no outro lado dele:

— E você sabe como é que eu solucionei essa situação?

Duque presta toda a atenção.

— Com uma ação de despejo. A primeira que tive.

O relógio da prefeitura — aquele relógio que lhe parecera de manhã uma cara redonda e impassível — e que ele espia agora furtivamente, com o cuidado de não interromper a conversa, está marcando seis e vinte. À frente deles, uns edifícios altos, que fecham o "largo" nessa parte, não lhe deixam ver mais a moeda em brasa do sol.

Está perdido o dia... Está perdido o dia...

— Onde é que mora esse Rocco? — pergunta o cidadão. — Longe daqui?

— Na rua Paissandu.

Vão andando.

Os quadros mais disparatados passam pela imaginação de Naziazeno. Ele vê Alcides "corrido" pelo agiota, que *exatamente ia sair e que está fechando a porta* — uma porta dum cinzento azulado, sujo das mãos na altura da fechadura. Outras vezes, o agiota *está abrindo o cofre*, introduzida já a chave, que é segura numa corrente de aço, presa no cinto...

É a seu pesar que essas imagens se metem na sua cabeça, porque ele não quer pensar... não quer pensar...

17

Abancam-se os três numa das mesas do café. Naziazeno não quer tomar coisa nenhuma: aquele leite parece que não lhe "sentou"; está com uma ânsia de vômito.

— Tome então uma charrua — convida o cidadão. E para o garçom, que espera junto da mesa:

— Duas charruas. E você, Duque?

— Eu tomo um café.

Vêm as charruas, o cafezinho. Eles se põem a beber. Naziazeno toma aos golezinhos, uma boca enjoada.

— Olha o Alcides! — diz Naziazeno.

Todos olham para a porta por onde Alcides vem entrando. Ele senta-se, sem falar. Põe açúcar numa xícara. Tira-lhe o excesso com a colher. Leva-o à boca. Vai engolindo-o com um certo esforço, como se fosse uma cápsula de remédio. Todos o fitam atentamente.

— E então? Como te foste? — pergunta-lhe o Duque.

Ele ainda tem açúcar na boca. Demora um momento. Engole. Depois responde:

— Mal.

— O que é que te disse o Rocco?

O garçom está-lhe despejando o café.

— Aí — faz-lhe ele, detendo-o. E para o Duque:

— Ele não empresta. Suspendeu temporariamente os empréstimos.

Faz-se silêncio.

Duque levanta-se. Dirige-se ao Alcides:

— Você fica aqui nos esperando com o dr. Mondina. — E para Naziazeno:

— Vamos. Venha comigo.

Deixam o café. Atravessam a praça. Faz ali uma calmaria abafada.

Vão calados.

Sujeitos vestidos com roupas leves, frescas, o casaco aberto, vêm vindo a passo lento pelos caminhos varridos da praça. Um que outro tem o ar de já ter jantado, de vir fazer a digestão na rua, num banco, à fresca.

Naziazeno não sabe para onde o leva o amigo. Encaminham-se para o lado da rua Paissandu. Irão lá no Rocco? Naziazeno o "vê" de novo fechando a porta, saindo...

Chegam à rua Paissandu, cortam-na e continuam.

Naziazeno vai passar outra vez pela vitrina do *brique*, onde há uma espada em diagonal. — É exato! e aquela luzinha das Dores?...

Ampara-o o Duque... Vem-lhe por vezes de novo uma confiança!... Está entrando novamente em casa com o dinheiro... com aquele sorriso pro filho, pra mulher muito pálida, muda, apreensiva...

Mas na mesma ocasião o seu ar de pobreza, aquele focinho quieto e manso que vem ali a seu lado tiram-lhe qualquer ilusão. Um frio e um amargo sobem-lhe pelas vísceras acima...

Entram na rua Clara.

Ainda se fosse mais cedo!... hora de trabalho... de atividade...

— Você ficou em casa esta manhã?

— Não — responde-lhe Duque, sem mesmo voltar a cabeça. — Estive em Novo Hamburgo com o Mondina.

Passando um mercadinho — é um pequeno escritório: uma porta e uma janela. Ao lado da porta — uma placa quadrada, de ferro esmaltado.

Eles entram.

— Me chame o seu Fernandes — diz o Duque para um menino que se acha sentado à escrivaninha.

Ficam esperando, de pé.

Daí um momento vem lá de dentro o dono da casa. Chega-se lentamente à porta, olhando muito para os dois, sondando. É gordo. Parece não ter pressa.

— Venho propor-lhe um negócio — declara-lhe Duque.

Ele olha um momento para o Duque, e logo depõe o olhar em Naziazeno, um olhar insistente. Este meio se perturba.

— Vá lá pra dentro — diz Fernandes para o rapazinho.

E para os visitantes:

— Qual é o negócio?

Como parece impossível a Naziazeno que o seu Fernandes lhe forneça esse dinheiro, que considere mesmo esse empréstimo como um "negócio"...

— Nós precisamos com urgência de cem mil-réis — diz o Duque vivamente.

Seu Fernandes abana a cabeça. Impossível. Ainda há pouco recusou uma pechincha — uma compra de títulos — por falta de dinheiro.

— Não hão — diz ele, o ar canalha, olhando os visitantes bem nos olhos.

Naziazeno quer dar volta imediatamente. Mas o Duque insiste:

— É por questão de dias. Talvez de dois dias mesmo.

Outro abano de cabeça:

— Não é possível.

Duque ainda fica um momento pensativo. Depois despede-se.

— Às suas ordens — e o sujeito tem um movimento do tronco.

É preciso não esmorecer. E Duque arrasta o amigo para outro agiota.

Caminham algum tempo calados. Eles vão agora à rua Nova, ao agiota Assunção.

Assunção não chega mesmo a dar uma desculpa. Diz que *não*, e pronto. Eles aliás não insistem.

Àquela ideia de que vai chegar em casa com as mãos abanando, Naziazeno sente um gelo, ao mesmo tempo que a sua cabeça se enche dum turbilhão.

Tocam-se em direção ao café. A penumbra da tarde, aquela sombra que cresce, progressivamente cresce, põe-no nervoso. Mesmo a sua náusea passou: ele está agora todo trepidação inquieta outra vez. Pergunta ao Duque:

— Você tem alguma ideia?

— Vamos abordar o Mondina.

Chegam ao café. Mondina e Alcides estão empenhados numa palestra sobre o modo de se nacionalizar as zonas habitadas por estrangeiros, as zonas coloniais. As ideias de ambos coincidem sobre os pontos fundamentais. O "dr." Mondina está encantado com o "seu amigo".

— Que tal? Arranjaram? — pergunta Mondina, assim que eles se sentam.

Naziazeno tem o olhar aceso. Duque responde com um pequeno gesto. E depois de um momento:

— Quem sabe, dr. Mondina, se o senhor nos podia desapertar?

— Eu já lhe disse: eu simpatizo muito com a situação dele. (E aponta para Naziazeno.) Já me encontrei em condições idênticas. Mas não posso. Peço que me acreditem: não posso. Simpatizo muito...

Segue-se um silêncio.

— Me lembrei duma coisa — diz Duque depois: — O Alcides tem um penhor, um anel... (Interrompe-se; dirige-se a Alcides: — Você já levantou esse penhor? — E diante da sua resposta, prossegue:) — ... um anel, que está empenhado por um preço muito aquém do que se poderia conseguir por ele, sem grande esforço.

— Cento e oitenta mil-réis — informa Alcides.

— Um anel? — pergunta Mondina.

— Um anel de bacharel, desses antigos, com chuveiro — acrescenta Alcides.

— O senhor é bacharel? — indaga o outro com uma grande surpresa.

Alcides sorri. Não. É uma joia de família, que vem do seu avô.

— Mas qual é o seu plano? — pergunta Mondina ao Duque.

— Podia-se melhorar o penhor. Mas pra isso é necessário desempenhar o anel. São quase duzentos mil-réis. E empenhá-lo noutra parte.

Mondina reflete um momento.

— Este plano não me desagrada — diz ele, por fim. — Isto é possível. Ainda haverá tempo hoje?

Todos olham para a rua. A sombra cresce, cresce...

— Dá — garante Alcides. — No verão eles não hão de fechar antes das sete... sete menos um quarto...

18

A casa de penhores fica ali perto, na rua General Câmara. Para lá se tocam, na frente Alcides e Mondina, "estabelecendo" as últimas "medidas" para a eficiente nacionalização das zonas de estrangeiros...

Naziazeno vai como que "a reboque". Todo o seu corpo tem uma fadiga, um cansaço, um desânimo... Quando se lembra da sua revolta em "transigir"... Ele agora já visa uma coisa qualquer que o salve do vexame de chegar em casa com as mãos abanando...

O Duque há de estar sem dinheiro. Talvez espere ter dentro de pouco tempo. "— Questão de dois dias" — dissera ele ao agiota. É decerto do tal negócio com esse Mondina.

Ele caminha ali a seu lado, passando-o mesmo um pouco. Seu focinho perdeu aquela expressão neutra e mansa: um ar de concentração — de decisão — o envolve como que de uma chama morna... Seu olhar agora é quente e brilhante.

A cidade está deserta, *fechada*... Nas esquinas, os bancos fechados, fechado o cartório, a casa das estampilhas. A casa de penhores vai estar fechada também.

Ele se admira daquela esperança do Duque...

Uma nuvem esgarçada, dessas nuvens claras e enormes, encheu toda a parte do céu que fica sobre as suas cabeças. O sol — quase oculto já — envia-lhe uma estranha luz amarela, que ela derrama sobre a cidade. As pessoas, os edifícios, tudo fica iluminado com uma luz inesperada e fabulosa...

Parece madrugada.

A "casa" lá está. Lá está a tabuleta. Ainda não se pode ver se se acha fechada ou não. Alcides e Mondina não a enxergaram ainda, mergulhados como vão na palestra. Duque parece que planeja... projeta... ausente...

Uma sombra sobre a porta, esburacando-a de alto a baixo. Naziazeno tem um choque! Meio apura o passo. Já agora Duque tem também o olhar metido *ali* — um olhar fixo, o seu olhar de serena e triste fixidez...

Aproximam-se. A janela já se mostra bem. A luz da nuvem escorre-lhe nas vidraças, vindo de cima, como uma chuva amarela.

Afia-se mais o olhar do Duque. Não se modificou a sombra que esburaca a porta de alto a baixo. A chuva amarela não deixa divisar nada através as vidraças.

Alternativamente, Naziazeno "vê" aberta e fechada a casa de penhores. Aquela sombra ganha profundidade, descobre um assoalho de tábuas largas e encardidas, um balcãozinho, o guichê... Outras vezes, esbarra e se achata na folha da porta... e atrás da chuva amarelo-ocre — os batentes "são" como uma muralha, eretos...

— Está fechado — diz Alcides, detendo-se quase defronte da porta. O "dr." Mondina avança um passo, inspeciona a porta, a fachada, a janela. Duque e Naziazeno reúnem-se a eles.

Faz-se um silêncio. Depois, Alcides, virando-se para o Duque:

— Eu podia entregar a cautela a ele... (A Mondina.)

— Sim...

— Ele, amanhã, levantava o penhor.

Mondina aguça o ouvido...

Alcides, prosseguindo:

— Ele teria dificuldade em adiantar esse dinheiro? A cautela serve como garantia — acrescenta, voltando-se para o outro.

O seu tronco marrom se encurva sobre ele, como se fosse dar um bote.

Mondina tem um embaraço. Naziazeno parece ver nos seus olhos inquietação. Seu ar torna-se evasivo. Parece temer o truque, o "conto"... Como aquilo é realmente parecido com o velho estratagema: a troca dum punhado de dinheiro por um papel... um papel... E como Alcides, com aquele casaco de ocasião, aquele aspecto aviltado e *anônimo*, parece mesmo o... vigarista...

— Não — intervém Duque. — Vamos pensar noutra solução.

Naziazeno vê Alcides "relaxar" a sua "presa". Ele tem um olhar em derredor. Depois, havendo visado um ponto, dirige-se até uma porta — duas casas longe dali. O grupo, sem saber o que está fazendo, acompanha-o. É uma agência de loteria. Tem meia folha aberta.

Alcides vem ao encontro dos amigos, a meio caminho.

— Estou com vontade de telefonar pra o sujeito dos penhores.

— Talvez seja tempo perdido — objeta delicadamente Mondina.

Duque está silencioso.

— Eles às vezes costumam atender — informa Alcides.

— Telefona — diz-lhe Duque.

Vão todos, puxados por Alcides, até a agência de loteria. O "homem" da agência conversa com um amigo, sentados perto duma pequena mesa, os chapéus na cabeça.

Têm uma surpresa, uns olhares de incompreensão, quando veem chegar Alcides seguido dos outros.

— É capaz de nos emprestar o seu telefone?

O sujeito, depois duma leve indecisão, indica-lhe o aparelho sobre um ângulo formado entre a "armação" e a parede.

Alcides procura o número na lista. Perde algum tempo, pois não tem bem presente o nome do indivíduo.

Com o dedo, recurvo como um gancho, faz a combinação. Um som — o som característico. — É a ligação que está efetuada.

Ainda se escoa um certo tempo.

Finalmente, Alcides empertiga-se.

— Quem é que está falando aí? — Quem?... — Um cliente dele... — Pergunte ao seu Martinez se ele pode ser procurado aí em sua casa por um cliente. — É um negócio...

Alcides, mesmo sem retirar o fone, volta-se para os amigos:

— Ele está jantando.

O "homem" da agência e o seu companheiro conversam em voz baixa.

Sempre agarrado ao fone, Alcides se põe a olhar para baixo, na direção dos pés. Passado um momento, porém, endireita--se de novo.

— Alô?... Pronto!... — Que pode?... — Sim... — Obrigado...

E para os outros:

— Ele nos espera.

Agora se tocam todos, em grupo, para a residência do seu Martinez. Fica numa travessa da rua principal, ali no centro. É perto, relativamente.

"— Será que ele atende, quando souber de que negócio se trata?" — vai pensando Naziazeno. Tranquiliza-se um tanto, quando reflete que ele não pode na realidade esperar outro negócio que não seja desses do seu ramo...

— Está com um ar de tempestade — diz o "dr." Mondina olhando o céu. Com efeito, um muro espesso fecha todo o horizonte, enquanto no alto a nuvem, já menos esgarçada, mais compacta, reunida a outras, projeta sobre a cidade aquela luz amarelada e estranha.

O Martinez se lembrará do Alcides? Seria mais fácil, se ele se recordasse...

Naziazeno se lembra bem desse indivíduo. Quando ele acompanhava a construção daquela casa em que mora... Estava sempre sobre a rua, defronte da *obra*, a manhã inteira, a tarde inteira, atento, silencioso...

Ainda não sabia que ele era o dono daquela casa de penhores.

A rua ilumina-se dum jato.

Como já é tarde!...

— Eles põem em leilão os objetos não resgatados?

— Naturalmente. Nunca viu a lista dos penhores no jornal?

Não. Nunca havia visto.

Caminham silenciosos agora.

Naziazeno viu uma vez *esse* anel na mão do Alcides. Alcides nunca se desfizera dele. Em casa, quem o guardava era a sua mãe. Quando era pra empenhar, tinha de pedir o anel à velha. O anel e a velha eram *conhecidos*, *familiares*, no grupo dos amigos...

Duque não fala.

"— *Eu simpatizo muito com a situação dele...*"

O Mondina há de ter o dinheiro ali mesmo. Por esse lado é certo...

Todo o dia caminhando... Como não deitaria numa cama...! não se espicharia...!

A voz do Alcides, lá adiante, junto do "dr." Mondina, dirigida a ele:

— De quanto é que você precisa?

Cinquenta e três mil-réis... Sessenta arredondando... Quantas vezes já não tem pensado nisso...? Já lhe sai como um clichê.

— Penso que é esta a casa. — Alcides procura o número, sobre a porta. — Olha o número.

Aperta a campainha.

A casa é um sobradinho. A porta da rua tem uma gradezinha com vidraça, no alto. Alcides espia para dentro: na meia escuridade distingue-se uma escada estreita com degraus de mármore.

Segue-se um certo tempo. Depois, uma criadinha, lentamente e com um aspecto tímido, vem atender.

Pergunta o que querem, através a gradezinha, cuja vidraça abriu.

— Queremos falar com o seu Martinez.

Ela fica um instante indecisa.

— Diga que é o moço que telefonou — acrescenta Alcides.

19

Puxados pela criadinha, lá vão eles subindo a escada.

Ao chegar bem em cima, infletem para a esquerda. Uma mole — aqueles quatro homens; um tropel —, é a impressão de Naziazeno. Param aí mesmo, pisoteando-se, acomodando-se. O topo da escada é pequeno. Há um porta-chapéus, um terno de vime, pintado de azul, folhagens. E o todo compõe uma antessala.

Um silêncio súbito se faz na peça do fundo — na sala de jantar. Ouve-se uma voz de mulher e respostas da criadinha. Não se pode distinguir nada desse diálogo, mas Naziazeno é capaz de jurar que se refere a eles.

Um rumor de cadeira. Uns passos ligeiros, miúdos, mas firmes ressoam no assoalho, e uma figura de homem pequeno, trajado de cinzento, surge na porta, olhando muito para os visitantes.

Cumprimentam-se.

Ainda é crepúsculo. Mas já acenderam a luz ali no topo da escada, uma luz fraca e distante, perdida lá no forro...

A cara do seu Martinez nada *informa*. Aquele olhar firme pode tanto ser atenção como curiosidade.

— Não querem sentar?

O "dr." Mondina tem uma recusa delicada. Martinez contempla-o fixamente.

— Vamos sentar...

— É por muito pouco tempo — diz Alcides, adiantando-se. — Eu telefonei há pouco, a propósito dum penhor meu.

— Penhor seu?...

— Um anel de bacharel... com chuveiro... Foi empenhado há uns dois meses. Não se recorda?

Martinez volta-se para os outros; tem um sorriso:

— É difícil guardar essas coisas. Há tantos anéis de bacharel empenhados...

E depois de um momento:

— Como é o seu nome?

— Kônrad. Alcides Kônrad.

Martinez reflete algum tempo, procura na memória. Tem o ar calmo. Nem parecido com o do agiota Fernandes nem com o do agiota Assunção...

Alcides, continuando:

— Eu precisava levantar esse penhor. Fomos lá. Mas já estava fechado.

— Eu fecho às seis horas.

Novo silêncio.

Alcides parece esperar uma palavra de Martinez. Mas este se conserva calado, olhando sucessivamente para um e outro dos visitantes.

— O meu amigo tem necessidade urgente de desempenhar esse anel ainda hoje — diz Mondina, por fim.

— Hoje?!

A surpresa do indivíduo traz um certo embaraço a todos eles.

— Bem sabemos que é um incômodo pra o senhor, que já estava descansando do seu trabalho... — observa Mondina, depois dum curto silêncio.

O indivíduo nada diz. A sua cara tem outra vez aquela mesma expressão de calma.

— Qual é o valor do penhor? — indaga ele, passado um momento.

— Cento e oitenta mil-réis — responde Alcides, prontamente.

Martinez está outra vez refletindo.

— O senhor trouxe a cautela aí?

— Trouxe. (Alcides anda sempre com os seus papéis. É uma carteira surrada, que ele procura no fundo dum dos bolsos interiores daquele casaco marrom...) Apresenta a cautela ao sr. Martinez, que a examina silencioso e depois devolve-a. Não diz nenhuma palavra. Retira-se um instante. Vai até a sala de jantar. Ouve-se outra vez a voz de mulher, que fala com ele. A voz meio se exalta, torna-se mais forte. Pega-se uma que outra palavra do que ela diz.

Os passos miúdos, ligeiros e firmes andam daqui para ali lá na sala de jantar. Depois somem-se; parecem ir mais longe, mais lá no fundo. Mas voltam, rápidos, incessantes.

A voz da mulher agora fala com outras pessoas, faz recomendações, pequenas coisas de dona de casa. Ouve-se mesmo distintamente a pergunta:

— Tu já puseste a esquentar a água pra o chá?

Todos ali no topo da escada mantêm-se silenciosos. É um receio de conjeturar... Eles mesmo evitam olhar-se. Mondina está examinando um quadrinho dependurado da parede, perto do porta-chapéus.

— É o Rio de Janeiro? — pergunta a Alcides, apontando para o quadrinho.

— Não: a Ponta da Jurujuba, em Niterói.

Novo silêncio.

— Eu já volto — avisa a voz de Martinez, veladamente, lá dentro, na sala de jantar. E ele aparece na porta, os olhos nos visitantes. Vem até o porta-chapéus. Pega um chapéu de pano — escuro.

— Então, vamos?

Todos se põem a descer a escada. Caminham sobre as próprias sombras. Vão com os olhos nos degraus.

Ao chegar à rua, dividem-se: adiante vai o sr. Martinez, ladeado do "dr." Mondina e de Alcides.

Escureceu muito, enquanto estiveram lá em cima. Naziazeno tem uma apreensão...

Um cidadão que vem subindo passa por eles. As duas linhas se desmancham, se encurvam, dando-lhe passagem. Ele se descobre, cumprimenta. Martinez responde com um cumprimento grave e atencioso. Os companheiros levam a mão aos chapéus.

Dobram a primeira esquina. Entram na rua principal. As vitrinas, raras ainda nessa "altura", projetam nas calçadas retângulos de luz, que os passeantes pisam, pisam, com pés iluminados...

Vai travada uma conversa na fila da frente. Naziazeno distingue perfeitamente as palavras de Martinez, que fala para os dois, sem contudo voltar nem uma vez a cabeça para o lado de um ou outro. O seu passo é ligeiro e firme, o olhar sempre em frente.

Chegam ao canto da praça. Defronte dos cinemas — pequenos grupos, um que outro casal. Há sujeitos no guichê da bilheteria. Outros olham por um momento os cartazes. Uma pequena família vai entrando. O homem entrega as entradas. A mulher tem uma criança pela mão.

Atravessam a praça.

Olhando para o chão, para as fachadas, para a frente dos cinemas, para as árvores, é noite. Mas Naziazeno ergue os olhos. Bem lá em cima, naquelas nuvens esbranquiçadas, há ainda um ar de dia... As nuvens agora — os pedaços delas que ainda se podem distinguir — têm uma luz esmaecida, lívida...

Duque vai caminhando calado junto dele.

Como se perde tempo pra qualquer coisa!... Naziazeno compara a hora que fazia, quando haviam deliberado ir até a casa de penhores, em que ainda era dia, um dia amarelo, estranho — com *aquela* hora. É noite. É noite...

O sr. Martinez multiplica os seus pequenos passos, enchendo dum martelar miudinho o areão avermelhado e batido da praça...

No café fronteiro ao banco, poucos consumidores, que tomam o cafezinho em silêncio, olhando para dentro da xícara... Há uma calma... um repouso... Mas aquele silêncio é cortado por três silvos, curtos, aproximados... Naziazeno endireita a cabeça: o guarda ainda tem o apito na boca e segue com o olhar qualquer coisa que desaparece ao longo da rua...

Atravessam a rua em direção à calçada da casa de penhores. Lá no meio da quadra, uma porta iluminada: da agência de loteria.

Duque apressa o passo. Naziazeno acompanha-o. Já estão todos juntos. Mondina vai dizendo para Martinez:

— Eu imagino a vigilância a que obriga um negócio desses. Até conhecimentos especializados há de requerer.

— Não. Com um pouco de prática se faz facilmente qualquer avaliação. (Uma pequena pausa.) — Mesmo assim há muito prejuízo — remata o indivíduo dos penhores.

Estão chegando. Ele se adianta. Tira uma chave. Mete na fechadura. A porta cede, e ele entra. Os outros esperam um momento na calçada, bem junto à entrada. Ele acende a luz.

— Vamos entrar — convida.

A mole, o tropel, outra vez...

A sala é pequena, dividida em duas por um balcãozinho estreito que corre paralelamente à frente. Guichês no balcão. Numa porta feita na armação, sobre um canto, mete-se Martinez. Tira o chapéu e vem por dentro atender. Do lado de fora, Alcides vai-se acomodando junto ao guichê, enquanto os amigos meio se afastam, dão lugar, discretos.

— Vamos ver a cautela.

Alcides entrega-lhe o papel.

No fundo da pequena peça, há prateleiras como duma casa de comércio, prateleiras duma tábua branca, sem pintura, cheias de pequenos embrulhos de papel pardo, todos etiquetados. Um pouco para a esquerda, numa das paredes laterais — o cofre, pequeno, antiquado. O sujeito dirige-se para aí. Abre-o. Mergulha a mão direita dentro dele. (A esquerda está segurando a cautela.) Repassa na mão vários embrulhozinhos, caixinhas, objetos soltos. Perde um certo tempo.

Alcides aproxima-se do Duque. Diz-lhe qualquer coisa. Duque concorda com a cabeça. Declara:

— Agora vamos ver isso — e se encaminha para o lado onde se acha Mondina. Conversa um momento com ele, em voz baixa. Mondina fica meio vermelho. Quadra-se um tanto, mete a mão no bolso da calça. Tira qualquer coisa, que conta, confere e vem entregar a Alcides, no momento em que pelo lado de dentro do balcão chegava Martinez. Martinez tem um olhar demorado e investigador para ele. Depois, desviando os olhos e pondo-os sucessivamente em Alcides e no objeto que traz na mão, diz:

— Aqui está o anel.

A joia tem também uma etiqueta, atada por uma pequena cordinha. Ele desata-a. Confere mais uma vez o seu número com o da cautela, que depusera no balcão, à sua frente. Recebe o dinheiro. Conta-o cuidadosamente. Entrega finalmente a joia. É um anel grande, pesado. Mondina tira-o das mãos de Alcides e começa a examiná-lo, debaixo do olhar atento e investigador de Martinez.

O dono da casa fecha de novo o cofre. Põe o chapéu. Dá uma vista-d'olhos rápida em seu redor. Sai pela porta aberta na armação.

Vem até junto de Alcides e Mondina. Este ainda examina a joia.

— Vai comprar? — pergunta, referindo-se a Mondina.

— Não — responde Alcides, tirando por um instante o olhar de cima do anel.

Duque aproxima-se deles:

— Vamos — diz, convidando Alcides com um gesto.

Eles começam a sair. Martinez põe-se perto da chave da luz. Quando sai o último, torce-a. Depois vem fechar a porta da rua.

— Vai pra lá?

— Vou.

— Então vamos juntos.

Caminham silenciosos.

Depois, Martinez:

— Este anel é muito antigo em seu poder?

— Era do meu avô — responde Alcides.

— Mas parece ter tido pouco uso.

— Ele morreu muito moço. E depois dele ninguém mais o usou: tem sempre estado guardado.

Outro silêncio.

Naziazeno nunca tinha ouvido Alcides falar nesse avô...

Duque meio que toma a dianteira. Ao chegar à esquina, detém-se.

— Bem, aqui nos separamos — diz ele.

Todos param. Martinez tem um olhar que abrange todos eles. Despede-se. Aperta a mão de um por um.

— E muito obrigado — diz-lhe o "dr." Mondina, curvando--se cerimoniosamente.

— Não há de quê. Boa noite.

— Boa noite...

Martinez toma o rumo da praça. Lá vão os seus pés, num martelar ligeiro e miudinho.

É noite fechada.

20

Aquela "esperança" é obstinada, obstinada. Demais, ele vê o jeito do Duque. O Duque está no seu momento. É ele que dirige... Lá do fundo, lá de trás, é ele que dirige... Mas como? mas onde? "— Eu fecho às seis." — É o que todos fazem certamente, não apenas ele. É um fim de expediente, uniforme, talvez obrigatório mesmo. Entretanto, Duque confia — confia! é inegável.

Mas então ele tem outro plano, está amadurecendo outro plano. Qual? Naziazeno nada vê. Alcides vai levar o anel... ou o Mondina... É só o que lhe aparece claro.

Ele já pensou em chamar o Mondina de parte. Não lhe poderão absolutamente fazer falta esses sessenta mil-réis. Lembra-se das suas palavras: "— Eu simpatizo muito..." Mas é que ele não o conhece. "— Isso que o senhor me conta já se passou comigo." É uma referência. Não é uma referência? Um diálogo instante se recompõe, com reminiscências: "— Mas eu não posso!... Eu simpatizo...". Ora, sessenta mil-réis... que falta poderá lhe fazer? (Ele dispõe de dinheiro... dispõe...) "— Peço que me acreditem: não posso..." — Será porque não o conhece?... Mas Duque garante. Eles têm negócio em comum. "— Não posso!..." — Não pode... Naziazeno tem um sorriso amargo: — *Mas o senhor é imprudente!...* — E todo o seu desânimo lhe volta dessa vez. Olha em torno, o olhar esgazeado!... Quase se admira daquele silêncio, de não ouvir a própria voz, a voz do *outro*...

O grupo ainda não se mexeu. Eles hesitam. O próprio Duque hesita...

— Aonde vamos daqui?

— Está tudo fechado... — diz Alcides.

Duque está pensativo. Mondina tem uma cara um tanto séria, de quem não se acha inteiramente agradado.

— Devíamos ter pensado no modo de resolver a dificuldade. — E virando-se para Alcides:

— O senhor pensa telefonar?

— Não...

Um silêncio.

— Vamos até o Dupasquier — sugere Duque.

— Ele faz desses negócios?

— Vamos até lá — insiste Duque.

Põem-se em marcha.

A joalheria ocupa uma pequena loja da rua do Rosário. Naziazeno há quanto tempo conhece essa casa!... Uma porta e uma janela (transformada em vitrina). E lá dentro, em mangas de camisa (sempre uma camisa branca) o velho joalheiro. Deu-lhe sempre a impressão dum sujeito ranzinza...

Duque caminha um meio passo na frente. Vai puxando... Baixou o focinho, recolheu-o um pouco... Naziazeno não tira o olhar da cara dele. Um raio de luz lateral incide num dos seus olhos, no que fica do seu lado, e ilumina-o duma luz branca, estranha...

É preciso apurar: ali no centro já quase não se encontra mais nenhuma casa aberta. A cidade está despovoada. Uma que outra caixeirinha retardatária. Os bondes mesmo ficaram mais raros, mais espaçados. É uma pausa na vida urbana. O fim...

Dobram duas ou três esquinas e entram por fim na rua do Rosário. O Dupasquier é logo ali, passando a igreja.

A vitrina está iluminada, projeta o seu retângulo claro até a sarjeta. A porta é de vidraça, gradeada, e se acha entreaberta.

Duque empurra-a de leve. Entra. Atrás de si vão entrando

os outros. O joalheiro avança lá do fundo, sereno, o olhar preso nos visitantes.

Duque adianta-se. Tem um cumprimento:

— Boa noite, seu Dupasquier.

— Boa noite... — diz o outro, sem desviar o olhar dos seus rostos.

Naziazeno olha lá pra o fundo, na direção donde viera Dupasquier: a um canto ele vê uma pequena escrivaninha, que uma lâmpada de abajur cobre de uma luz verde. "— Ele certamente estava escrevendo... Notas... lançamentos..." — E se lembra dos "seus" papéis, que ficaram em cima da sua carteira...

— É um negócio, seu Dupasquier — começa o Duque.

— A casa já está fechada — observa o outro. — Não é mais hora pra negócio.

— Mas é coisa particular — retorna Duque.

Há uma pequena pausa.

— De que se trata?

Duque explica. Ali o amigo (Alcides avança um passo) tem um anel...

— Mostra o anel.

Alcides tira-o dum dos bolsos do colete. Desabotoou completamente o casaco marrom, que deixa cair dum lado e doutro, na frente, umas enormes abas...

Dupasquier espicha a mão para segurar a joia, ao mesmo tempo que vai observando Alcides de alto a baixo.

Duque, continuando:

— Ele queria saber quanto o senhor se anima a dar por ele.

Dupasquier afasta-se com a joia, vai até lá ao fundo. Senta-se à escrivaninha. Mergulha a cabeça naquela atmosfera verde. Põe-se a examinar.

Mondina olha de um modo um tanto interrogativo para o Duque. Ninguém fala. Daí a um momento volta Dupasquier. Dirige-se ao Duque.

— Quanto o seu amigo pretende por ele?

Duque troca um olhar com o grupo.

— É um anel que vale dois contos e quinhentos — diz, em seguida.

O outro tem um movimento de cabeça.

— Ele não deixa por menos de quinhentos mil-réis.

O velho abana francamente a cabeça.

— Não dou nem quatrocentos.

E depois dum momento:

— Isto é uma joia que não se vende mais.

E explicando a sua opinião:

— É um gosto antigo. Hoje o que se quer são coisas leves.

— Quatrocentos e cinquenta — solicita Duque.

— Não. Não dou mais do que trezentos e cinquenta mil-réis.

Duque conferencia com Alcides e Mondina. Discutem um instante. Por fim:

— Aceitamos, seu Dupasquier — diz-lhe Duque. — O meu amigo lhe empenha o anel pelos trezentos e cinquenta mil-réis.

— Ah! era empenhar que pretendiam? — e ele devolve-lhes a joia: deixa-a sobre o vidro do balcão. — Não me ocupo desses negócios — e dá-lhes as costas.

Duque olha para os amigos. Mondina tem um rubor na face.

Ainda ficam um momento ali, junto do balcão. Depois resolvem abalar. O velho Dupasquier lá vai indo tranquilamente em direção da escrivaninha.

Na rua, Alcides tem uma sugestão: irem procurar um daqueles agiotas: o Assunção, o Zeferino...

— Não digo o Rocco — acrescenta.

Duque não responde. Pensa um segundo. Por fim:

— Vamos combinar isso num café.

A poucos passos dali, na esquina com a rua principal, há efetivamente um café. Quase deserto a essa hora. Dirigem-se para uma mesa dos fundos.

Sentam.

Alcides bate com a colher na borda do pires, chamando o garçom.

— Café — pede-lhe ele, quando o empregado se aproxima.

E curvando-se um pouco sobre a mesa, para os amigos:

— Talvez um agiota desses quisesse emprestar sob a garantia do anel.

Silêncio. O garçom serve o café. Cada um tem os olhos na xícara.

— Aí. Obrigado...

— Não tenho confiança nesse plano — declara Duque, assim que o garçom se retira.

Outro silêncio pensativo.

— Veio-me uma ideia — diz ele depois, vivamente.

Todos prestam atenção.

— O "dr." Mondina nos adiantava esse dinheiro, mediante recibo. Assumíamos o compromisso de amanhã bem cedo empenhar o anel e devolver-lhe essa quantia.

Mondina fica com os olhos brilhantes, embaraçados. Fita o Duque, penetrantemente. Naziazeno parece estar vendo aquela mesma expressão de receio, de receio dum conto, dum truque... Duque devolve o seu olhar suspicaz com um olhar manso, em que há uma leve tristeza bondosa, garota...

São quase oito horas no relógio do café. Pequenos grupos de homens vêm aparecendo nas portas, vêm entrando devagar. Outra fase na vida da cidade se inicia. A noite refrescou. Mas, a despeito do ar quase frio, aparecem ainda muitos linhos. Numa mesa ao lado da deles, um sujeito lê tranquilamente um jornal.

Mondina paga nervoso a despesa. Convida pra levantarem. Duque porém pede que fiquem mais um pouco.

— Mas como é que havíamos de fazer? — observa Mondina por fim. — E se não se encontra quem dê essa importância?

— O senhor viu o interesse do Dupasquier por esse anel — diz-lhe o Duque. — Ele estaria mesmo disposto a dar por ele até quatrocentos mil-réis, pode acreditar. É que ele sabe o quanto vale.

— Mas vamos que não deem por ele nem trezentos mil-réis? — retorna o outro daí a um momento. — Ele mesmo estava empenhado por menos de duzentos...

Duque fica um instante interdito. Mas Alcides intervém:

— É preciso saber a época em que fiz aquilo. Eu estava atrasado nas outras casas. Me entreguei ao Martinez de mãos amarradas.

— E agora...? — pergunta Mondina com um sorriso um tanto fino.

Alcides não dá resposta.

— A situação é esta — resume finalmente Duque. — Se o senhor quiser até — diz ele, virando-se para o "advogado" — o senhor mesmo fica com o anel como penhor. — E Duque olha para Alcides, como pedindo aprovação.

— Não — declara Alcides. — Não se faz mais negócio. Amanhã mesmo volto ao Martinez. Desfaço tudo. Devolvo o seu dinheiro.

— Desfazer você não pode — observa-lhe Duque.

Alcides cala-se, emburrado.

— Vamos pensar mas é em achar uma solução — faz Duque, conciliatoriamente.

Os dois nada dizem. Alcides já fechou várias vezes os olhos, colocou-os outras tantas vezes na rua. Mondina tem o olhar brilhante, os lábios fortemente unidos, a face levemente congesta.

Naziazeno sente um sono, um abatimento. Vê-se no bonde, de volta para casa. Bonde quase vazio, no meio da noite, com ele dormitando...

— Venha cá. Eu assumo o compromisso. Me dê esse anel — pede o Duque para Alcides. — Eu entrego-o ao "dr." Mondina em garantia do seu dinheiro. Me inteire trezentos mil-réis: me dê mais cento e vinte. Amanhã eu procuro o Alcides e o senhor pra fazermos o penhor. Assim o senhor fica bem garantido.

— Mas não se trata de garantia... — vai gaguejando o "dr." Mondina. — O seu amigo não compreendeu. Eu desde o princípio não estive pronto pra auxiliar essa transação...? Não se trata de garantia ou de falta de garantia...

— Mas assim fica muito bem — acrescenta Duque. — É justo aliás que o senhor queira rodear de todas as garantias o negócio.

Outro silêncio.

Alcides não se mexe. Duque mantém o braço estendido, à espera do anel...

É um sono agora o que tem Naziazeno. É só um sono...

21

A porta do comedoiro vai-se abrindo... (Entra-se diretamente do pátio para a "varanda".) Senta-se à mesa sem toalha, no seu pequenino trabalho, a mulher ergue uma cara pálida, triste e atenta. É tarde (são nove horas). Naziazeno não quer que ela se assuste. Daí essa precaução. Abre a porta devagar, empurrando-a com os embrulhos. Tem um sorriso branco no meio do rosto escuro (está com uma barba de dois dias).

A mulher parece que vai compreendendo lentamente. Levanta-se. Naziazeno já entrou de todo. Dá-lhe um pouco as costas; fecha a porta.

— Eu já estava ansiosa. Todo o dia longe...

Os embrulhos atrapalham-no...

— O que é isto que tu trazes aí?

Ele os deposita sobre a mesa. A mulher se aproxima:

— O meu sapato... Tu arranjaste dinheiro?

Ele lhe diz que "sim" com a cabeça, enquanto tira o chapéu e o coloca igualmente em cima da mesa.

A mulher desfaz inteiramente o embrulho do sapato. Olha-o demoradamente, inspeciona o salto e a "compostura".

— Tu ainda não jantaste?

Ela demora os olhos na sua cara, examinando. Ele está pálido, com olheiras, mais barbudo e mais magro (representa-lhe). Só os olhos têm um ar de vivacidade.

— Ainda não jantei. Vocês já comeram?

— Eu te guardei a comida.

Ela põe as mãos sobre outro embrulho, o maior.

— E isto aqui o que é?

Não espera a sua resposta. Vai desfazendo-o. Rompe-se o papel, e saltam de dentro dois outros embrulhozinhos. Um é quadrado, meio chato, parece um pequeno tijolo. É mole ao palpar.

— Tu trouxeste manteiga?

A face da mulher enche-se dum leve rubor. É um rubor que lhe sobe do pescoço e que a remoça — rubor de rapariga... O outro embrulho é um bom pedaço de queijo, tipo holandês, de massa amarelada e macia.

Mas falta ainda aquele pacotezinho menor. Naziazeno pega-o, vira-se para o lado do dormitório.

— E o Mainho? Já está dormindo?

— Dormiu agora mesmo.

— Eu trouxe uma coisa pra ele — e desmancha o pacotezinho.

Adelaide mostra a sua surpresa:

— Brinquedinho de borracha... É brinquedo de criancinha pequena...

Com efeito, são dois leõezinhos de borracha branca, com apito, desses para as crianças "morderem" quando da dentição.

— Não encontrei mais nada. Estava tudo fechado. Tive de descer no entroncamento. Comprei esse na Loja Dolores.

E Naziazeno põe os dois leõezinhos de pé, em fila.

— Ele vai gostar. Tu não achas?

— Vai sim.

Adelaide:

— Ele passou todo o dia perguntando se tu tinhas ido comprar um automóvel pra ele.

Naziazeno tira o casaco com o colete; dependura-os duma cadeira. Remanga-se.

— Eu quero passar uma água no rosto. — E vai-se encaminhando para os lados da cozinha.

Adelaide foi buscar uma toalha limpa lá dentro. Ao passar pelo lavatoriozinho do corredor (do corredor que comunica o comedoiro com a cozinha), pega a saboeira. Só tem água encanada na pia da cozinha.

À sua frente, um pouco curvado para diante, a camisa remangada, ele parece-lhe mais alto, meio grandalhão.

Naziazeno lava o rosto, as orelhas, o pescoço. Molha o cabelo. Quando se volta para receber a toalha que ela a seu lado lhe segura, tem a pele vermelha aparecendo por entre os fios da barba um tanto crescida.

Enxuga-se. Penteia-se.

Ele soltou a toalha sobre a mesa da cozinha. É uma tábua branca, muito limpa. A mulher, que "se esquecera" com a saboeira na mão vendo-o pentear-se, coloca igualmente em cima da mesa a saboeira com o sabão, e vai em direção ao pequeno fogão de ferro. Um tênue fogo arde ainda lá dentro. Ela esperta-o. Abre o forno. Destampa os pratos que aí se encontram.

— A comida ainda está meia quente. Aonde é que tu almoçaste?

Naziazeno tem uma evasiva:

— Eu tomei qualquer coisa na hora do almoço.

— Tinha uns nhoques no meio-dia. Estavam tão bons. Não sei agora...

Adelaide atiça mais o fogo. Põe uma chaleira a esquentar. Tem outros arranjos.

— Vai na frente. Ou tu queres comer aqui?

— Não. Lá mesmo.

Naziazeno senta-se no "seu" lugar, esperando.

Vê-se descendo no entroncamento, naquela esperança de encontrar numa daquelas lojas de turcos um brinquedinho qualquer. Ao se representar as vitrinas iluminadas, *via* os brinquedos nas vitrinas, as cornetas...

"— É muito difícil. Aqui o senhor não encontra."

"— Mas os senhores não vendem brinquedos?"

"— O ano passado tentei vender. Mas não deu em bola."

"— Mas não tem qualquer coisinha? Uma corneta...?"

"— Espere. Deixe ver. Parece que me ficou um palhaço. Mas o senhor não vai gostar."

"— Um palhaço? Vamos ver!"

O sujeito traz o palhaço.

"— Não serve, não..."

É uma espécie de chocalho, um palhacinho vestido de pano, um pano desbotado. Não tem jeito de brinquedo.

"— O senhor não tem mais nada então..."

"— Só este palhaço."

"— E isto aqui o que é?"

"— Brinquedinhos de borracha. Leõezinhos... cachorrinhos..."

"— Me mostre um deles."

"— O cachorrinho?"

"— Não: os leõezinhos."

O negociante mergulha a mão, tira um leãozinho. Com os dedos aperta-lhe a barriga: faz apitar.

"— É um bom brinquedo. Dura muito: é muito forte. É criança pequena?"

"— Não: tem quase quatro anos."

A mulher entra com a toalha, o talher. Estende a toalha na ponta da mesa. (Naziazeno dá o lugar.) Depois se encaminha outra vez para a cozinha. Volta daí um momento com dois pratos, o copo.

— Tem vinho?

— Não.

— Não se podia mandar buscar uma garrafa no mercadinho?

— Estará aberto? — pergunta Adelaide, com um ar de dúvida.

— Penso que sim.

Há um pequeno silêncio.

— E quem é que vai buscar? — pergunta Naziazeno.

— O menino da vizinha.

(É uma vizinha dos fundos, cuja casa fica contígua à do amanuense da prefeitura. Uma viúva. Adelaide às vezes lhe dá um que outro servicinho. Falam-se por cima da cerca, num canto do pátio.)

— Vai me ver isso então. Toma o dinheiro. — Vai até a cadeira donde dependurou o casaco com o colete. Tira de dentro dum dos bolsinhos deste um centenário e entrega-o à mulher.

Senta de novo no seu lugar.

Está cansado. Mas é um cansaço bom...

Numa das passadas por ali, a mulher já levou o queijo e a manteiga, foi guardá-los.

Ele ia ao princípio trazer só manteiga. Mas aquela fatia tentava-o...

"— Vamos ver um pedaço também daquele queijo."

O caixeiro já tinha embrulhado a manteiga, estava cortando o cordelzinho, para entregar-lha.

"— Qual?"

O seu jeito era o de estar serenamente incomodado.

"— Aquele ali. Quanto custa o quilo?"

Era mais caro do que supunha.

"— Me dê então um quarto de quilo."

O caixeiro começara a fazer outro embrulho. Depois lembrou-se: meteu os dois embrulhos (o do queijo ainda sem acabar) dentro da mesma folha verde, e fez com eles um só pacote, grande.

Adelaide aparece no comedoiro:

— Já está quase pronta a comida — diz ela.

— Mandaste vir o vinho?

Ela faz que "sim" com a cabeça. E em seguida:

— Onde é que arranjaste o dinheiro?

Naziazeno desvia os olhos:

— Depois te conto.

(Mas não: não lhe preocupa aquela "superioridade" de marido que vai, vira e cava... depois lhe contará. Deixa comer primeiro...)

— Conseguiste "tudo"?

— Sim...

Silêncio. Depois se ouvem uns passinhos miudinhos no pátio, próximo da porta.

— É o menino!

Adelaide vai abrir. Um gurizinho moreninho, magrinho, em mangas de camisa, entrega-lhe a garrafa, e apronta-se para dar volta.

— Ele que espere aí! — diz Naziazeno vivamente. E vai buscar outro níquel no bolso do colete. Entrega-o à mulher:

— Dá pra o guri.

E depois que ela fechou novamente a porta:

— Vai ver se já está.

— Já deve estar.

Adelaide retira-se. Ouve-se o seu barulho na cozinha. Daí um instante entra com os pratos da comida.

Naziazeno põe-se a jantar. Serve-se a carne, o arroz. Trincha com os braços muito abertos, cabeludos.

— Tu me esperaste até muito tarde hoje ao meio-dia?

— Até passado da uma.

(Andava às voltas com o Andrade... Ouvia o rádio... uma ária que não se extinguia nunca...)

Despeja o vinho no copo. Bebe um gole.

— É bom? — pergunta-lhe a mulher.

— Assim assim. Prova um pouco.

Adelaide bebe um golezinho do copo, que ele lhe passa.

Um silêncio.

— Ninguém me procurou aqui, de tarde? Ninguém da repartição?

— Não. Ninguém. Mas tu não foste à repartição?

Naziazeno tem os olhos na comida, no prato.

— De tarde não fui — diz ele, depois dum momento.

Naziazeno termina a carne, o arroz.

— Experimenta o nhoque.

Ele levantou o tronco, a cabeça meio para trás.

— Serve.

E passado um momento, olhando para os lados, um olhar entusiasmado, de criança gulosa:

— O que é que tu achas? Eu comeria agora um pouco do queijo.

— Pois come.

Adelaide levanta-se. Traz-lhe uma fatia do queijo holandês.

Depois:

— Foi com o diretor que arrumaste?

"— Tenho lá alguma fábrica de dinheiro?"

— Não...

— Com quem então?

— Consegui por intermédio do Alcides e do Duque.

Ela tem um olhar apreensivo:

— Foi no jogo?

Ele enxerga o seu braço levando o dinheiro para o 28 e recuando vivamente. Depois já no fim da tarde, aquele quadrado de luz pálida da área, lá fora, no alto daquelas paredes... A sua ida até o fornecedor... A areia pesada do cais em construção... Como tudo isso está longe!... longe...

— No jogo? Não...

Uma pausa.

— Tomaria um café.

Ela se levanta. Vai até a cozinha.

Naziazeno mete a mão no bolso da calça. Palpa a nota de cinquenta mil-réis. Lembra-se daquele contacto untuoso dos cinco mil-réis do Costa Miranda... Devia ter devolvido o seu dinheiro essa noite mesma. Quando Duque contou na sua mão sessenta e cinco mil-réis, esses cinco extras já estavam destinados: eram pra o Costa Miranda...

Sente uma ardência súbita na raiz dos cabelos! Não encontra no bolso, com a mão, aqueles cinco mil-réis! Faz rapidamente somas, recapitula os seus gastos! Uma leve tonteira trazida pelo cansaço, pela janta, pelo vinho dissipa-se. Ergue-se dum salto. Examina o bolso do colete. Vem-lhe uma tranquilidade: lá estão duas notinhas surradas de 2$000, mais uns níqueis... Não precisa mais do que dos cinquenta e três mil-réis...

A mulher traz-lhe o café.

Parece meio emburrada.

— Tive um dia brabo hoje, Adelaide.

Ela olha-o com interesse.

— Depois te conto. Não sabes como me custou esse dinheiro. Mas está aqui.

Tira os cinquenta mil-réis do bolso. Vai até a cadeira onde se acha a sua roupa. Traz as notinhas miúdas, os níqueis.

— Cinquenta e quatro mil e setecentos — diz ele, contando.

Põe todo o dinheiro em cima da mesa: a cédula maior estendida embaixo, depois as notas de 2$000, e sobre elas, numa pilha, os níqueis.

— Quanto custaram os leõezinhos?

— Dois mil-réis. Dez tostões cada um.

Um silêncio.

— Eu queria trocar um desses 2$000 — diz, depois dum momento, Naziazeno, tomando nos dedos outra vez o dinheiro miúdo.

— Pra quê?

— Pra inteirar os cinquenta e três mil-réis justos. Os níqueis não chegam a dez tostões.

— Quanto falta? — perguntou Adelaide.

— Eu tenho aqui setecentos réis — diz Naziazeno, olhando para o dinheiro que tem na mão.

Adelaide se levanta. Vai até o quarto. Traz-lhe uma pequena cédula.

— Donde é que saiu este?

— Eu tinha este mil-réis.

Ele conta 53$000 exatos. Guarda o resto no mesmo bolso do colete.

Depois:

— Ainda estava ventoso quando saíste lá fora?

— Estava — diz Adelaide.

— Noite boa pra se dormir — observa Naziazeno, depois dum momento.

— Já queres te deitar? — pergunta-lhe ela.

— Não. Ainda é cedo.

— Que horas serão?

— Umas nove e meia mais ou menos.

Pausa.

Naziazeno dá a volta à mesa. Senta-se numa cadeira próxima à ponta oposta à em que estivera sentado para jantar. Pega dos leõezinhos, que haviam ficado aí. Primeiro murcha a barriga dum. Depois é o pescoço, a cabeça, tudo que ele murcha. Mal afrouxa a compressão, o bichinho todo volta ao primitivo estado, num meio salto. Murcha-o mais uma vez...

— O Mainho vai encher isto d'água — faz ele, com os olhos no leãozinho e no buraquinho (no assobio) que ele tem embaixo na barriga.

Está com sono. Num silêncio que eles fazem, se ouve bem o murmúrio do vento.

22

"Ele" vai ficar sem uma palavra, a boca aberta. Podia dizer-lhe qualquer coisa... mas não. Só lhe entrega o dinheiro, talvez agradeça — "— Muito obrigado" — e dá as costas. É uma hora muito cedo ainda. Mainho dorme... ainda não viu os leõezinhos...

A mulher está tirando a mesa. Ele fora sentar numa pequena cadeira de balanço, de assento de lona, a alguns passos para um lado.

De quando em quando dirige o olhar para aquela pilhazinha em que há a nota dos cinquenta mil-réis e as outras.

Aproveita uma das entradas da mulher:

— Não te parece uma mentira — diz-lhe — estar com esse dinheiro aí?

— Parece.

Ele se recosta na cadeira, tem uma embalada, põe os olhos no forro — um forro escuro, mal iluminado.

O Duque, o Alcides, o Mondina se reúnem amanhã de manhã, vão tratar do penhor. Ele só vai saber à tarde, decerto.

Os escriturários, o datilógrafo ainda não haviam chegado à calçada. Não ouviram... Estavam, além do diretor e do dr. Rist, o chefe de seção e o capataz. Mas com toda a certeza souberam ao voltar à tarde.

Que é que isso lhe importa?...

Talvez o diretor queira reclamar a sua falta no expediente da tarde. Ele que não se meta: é capaz de desabafar...

E quando a mulher entra de novo:

— Sabes, Adelaide, o que me disseram hoje?

Ela lhe presta atenção.

— Andam dizendo qualquer coisa do dr. Romeiro...

— Pobre...

E Adelaide, que meio parara para ouvir, põe-se a andar novamente. Está desocupando a mesa: já guardou a toalha, o talher, a louça. Pega do chapéu de Naziazeno e dependura-o do pequeno cabide. Guarda os leõezinhos de borracha no vão do bufete.

Depois:

— Tu falaste com ele? De todos os teus chefes foi o que eu sempre gostei mais. Ele ainda está muito teu amigo?...

Ela vai dizendo isso sem olhar para ele, arrumando. Tem o seu jeito triste. Naziazeno sente-se ruborizado, ao mesmo tempo que lhe volta aquela... aquela sensação de constrição no rosto, para o lado dos olhos, da maxila...

Ouve-se um baque, lá fora. Eles levantam a cabeça, atentos.

— É o portãozinho.

— Deixa que eu vou fechar — e Naziazeno se ergue vivamente.

— Bota o casaco.

— Não precisa. — E sai.

Quando volta:

— Está frio mesmo. — E se torce o corpo, se arrepia.

Adelaide:

— Por que tu não vais deitar?

— Não quero dormir com o estômago muito cheio.

Ela se senta à mesa sem toalha, no lugar onde estava quando o marido chegou. Naziazeno volta para a cadeirinha de balanço.

Adelaide olha para o dinheiro em cima da mesa:

— Ainda não quiseste me dizer como conseguiste.

— Arranjei emprestado com o Duque e o Alcides.

Pausa.

— E quando é que tens de devolver a eles? — pergunta-lhe ela, depois.

— Não tem prazo...

Outro silêncio.

— Tu vais levantar cedo amanhã para entregar em mão ao leiteiro? — quer saber a mulher.

— Pretendia. O que é que tu achas?

Por que não botava em cima da mesa da cozinha, junto com a panela do leite?

— Com isto evita levantar de madrugada.

— É isto mesmo — faz Naziazeno, depois de refletir um momento.

A surpresa que *ele* não vai ter quando abrir a porta (ele leva a chave da cozinha) e der com o dinheiro...

Os seus lábios têm um leve sorriso bom... de repouso...

O vento assobia. Uma que outra coisa bate. Do pátio vem às vezes um guincho, de lata, dalguma lata de galpãozinho ou de galinheiro que o vento força e levanta.

— Podia-se já ir fechando a casa — sugere Naziazeno, erguendo-se lentamente.

A mulher levanta-se também. Ela começa a fechar pelo comedoiro. Ele vai "ver" as janelas da sala.

— Antes de me deitar eu tomaria um outro cafezinho — diz ele, ao se encontrar de novo com ela na "varanda".

Adelaide se dirige para a cozinha.

Naziazeno deixa-se ficar ali. Ele quer ficar pensando... refletindo... Refletindo na *surpresa* do leiteiro... na sua cara...

A voz da mulher, lá do fundo, sonolenta:

— Queres o café agora ou mais tarde?

Ele meio se reergue na cadeira de balanço, onde se sentara outra vez, endireita o tronco, desprende a voz:

— Agora!

E volta outra vez a refletir... a refletir... num pequeno balanço ritmado, sem ruído, tranquilo...

23

— Está tudo arrumado, não? Tudo em ordem? — Ele se volta, olha ao seu redor, meio nervoso.

A mulher acabara de pôr a panela do leite na ponta da mesa. Perto dela colocara Naziazeno o dinheiro, dobrado, a cédula de cinquenta envolvendo as notas miúdas. Aquela mancha escura sobressai do tampo muito branco, muito esfregado da mesa.

Primeiro hesitou se devia pôr ou não alguma coisa sobre o dinheiro, algum "peso".

— Tu achas necessário? — consultara a mulher. — Não há vento aqui dentro.

— Não, não é preciso.

Tudo em ordem, pois...

Ele parece que não se decide a abandonar a cozinha... Não há mais nada a fazer... Está recontado o dinheiro. Acha-se bem à mostra, de modo que o outro dê com ele ao primeiro instante. Pode sair pois...

Vai-se afastando e ainda olhando para o lado... Depois, dá volta subitamente: parecera-lhe ver uma fresta na janela, por onde possa entrar um pé de vento.

Verifica. Engano.

— Vamos então?...

E vai saindo vagarosamente. A mulher fica para trás, para apagar a luz.

Ele se sente um pouco nervoso.

Fica um momento no comedoiro, enquanto a mulher dá alguma arrumação lá pelo quarto, nas camas.

Ele ouve um choramingar do filho, que quer meio acordar. Adelaide "nana-o", "nana-o"... Tudo se acalma outra vez.

Seus dedos estão um tanto frios. Ainda se acha remangado. Começa então a descer as mangas da camisa. Os dedos meio que se embaraçam ao abotoar os punhos.

O vento ainda sopra forte. De quando em quando aquele guincho de lata.

— Está pronta a cama.

— Sim. Já vou...

É interessante: passou-lhe o sono agora. É capaz de ler um pouco... Mas muda de ideia: não lhe apetece agora nenhuma leitura... de nenhuma daquelas *coisas* que poderia ler...

Vai até o pequeno bufete. Comprime um dos leõezinhos. Mas não leva até o fim. Solta-o.

O melhor é ir deitar. Está cansado... precisando...

Dirige-se para o quarto.

A mulher já está se acomodando. Já pôs num canto a lamparina de azeite, que passa acesa todas as noites desde que adoeceu o filho.

— Não apagaste a luz da varanda...

Tinha-se esquecido.

Naziazeno volta, torce a chave. A luzinha da lamparina avança pela porta, ilumina um pedaço do assoalho do comedoiro.

Naziazeno despe-se, mete-se na cama.

Espicha-se com uma leve dor de todos os membros, dor não de todo desagradável...

A mulher tem as pálpebras pesadas. Ela vai pegar no sono imediatamente...

Aquele endolorimento parece que é mais forte nas pernas, no osso da canela. Aliás, sente como que um peso dos joelhos para baixo. Mas é que não é brinquedo o que caminhou. Devia ter feito umas quatro vezes aquele trajeto da repartição... É verdade: não conseguiu saber o que era aquilo daquela luzinha! Amanhã...

A ida ao Andrade arrasou-o.

Não ficou bem explicada essa história.

Não sentiu passarem as três ou quatro horas da roleta. Às vezes, tirava os olhos do jogo, e lá encontrava a cara daquele sujeito sentado, aquele pobre-diabo, que ele conhece tanto... dos cafés... Não vira quando ele tinha ido embora... Que estaria fazendo ali? Teria ido com algum conhecido? Estaria esperando alguém?

Nunca, nunca devia ter ido à casa do fornecedor, não devia ter dado aquele passo. Isso ainda vai incomodá-lo...

Mas o melhor é não pensar em nenhuma dessas coisas... Tudo já passou, já passou!...

A mulher está ressonando, a boca entreaberta. Talvez seja da posição. Naziazeno meio a empurra, ela como que vai acordar, se mexe.

Ele:

— Tu estavas roncando...

Ela se acomoda, não compreendeu nada, pega no sono imediatamente.

Naziazeno percebe que se acha bem esperto. Entretanto, quereria dormir. Tem necessidade dum sono longo, longo...

Talvez esse barulho do vento é que o esteja incomodando. Nessa época do ano é assim: faz calor — calor mesmo — de dia, e as noites são frias e ventosas.

Essa posição de barriga pra cima é pior. Vai-se virar de lado e ver se dorme.

Fecha os olhos. Os globos dos olhos também lhe doem.

Por transparência, através as pálpebras, enxerga uma claridade amarela, da lamparina. Amarela... Ia meio se ausentando... Mas desperta de súbito! A lembrança *daquele* crepúsculo amarelo e estranho é tão nítida, que o desperta inteiramente.

Se não fosse isso, ele talvez adormecesse. Já ia experimentando uma espécie de tonteira, um fluir, um arrastar do seu corpo, como a vertigem que sentiu no café do mercado...

Vira-se para o outro lado, para o lado da mulher. Tentou ficar de olhos fechados. Mas isso, quando se está bem acordado como ele, cansa, incomoda. Abre então os olhos. Depõe-nos na mulher, que dorme serenamente, sem um movimento, sem um simples arfar.

Tira-lhe o olhar e mete-o num outro ponto: na fronha. É um olhar perto, incômodo. Não tem pra onde olhar. Tem receio de estar mudando o olhar daqui pra ali. Isso sempre o inquieta... Ele acaba ficando impressionado... num temor vago e pueril das surpresas das sombras, da solidão...

É melhor fechar os olhos outra vez. Para não ver a claridade amarela, vai tapar a cabeça. Pega então do travesseirinho pequeno e põe por cima da cabeça. Ainda ficou um vão, num lado. Finca o nariz para baixo, no outro travesseiro, no travesseiro comprido, do casal.

Mas não aguenta isso muito tempo: é um calor insuportável. E quase não pode respirar.

Se pudesse apagar a lamparina... Abre bem os olhos. Vira-se de barriga para o ar. Fita o forro escuro, manchado de bolor. Tem uma ardência, uma sensação irritante de farinha entre as pálpebras.

Não faz muito empenho em distinguir as tábuas do forro, em contá-las. Isso o despertaria ainda mais.

Através as rajadas do vento, começa a perceber um ruído uniforme, parelho, que cresce, cresce, progressivamente, se avoluma. É o bonde! Vai se aproximar, vai passar bem pela frente da casa. Põe os ouvidos bem atentos. O barulho do bonde é um contraste: é cedo lá fora, há vida... Naziazeno se acalma inteiramente.

O bonde está perto. O seu ruído domina o ruído do vento. Vamos ver se ele vai parar ali no poste... O barulho torna-se claro agora, francamente sonoro, metálico. Sente-se bem o rodar das rodas sobre os trilhos. Naziazeno tem receio que ele não pare... que ele siga, indiferente... Mas não! O ruído está diminuindo... Cessou de inopino, com uma espécie de baque. Um silêncio... Alguém desceu. De novo, de novo o barulho, que se abranda, se ausenta, se acaba...

Ele espera ouvir uma porta se abrir, a porta mesmo dali da casa ao lado, o "rapaz" entrar. À sua chegada haveria uma conversa, ruídos... Naziazeno aguça o ouvido. Nada. Há em torno um silêncio, um silêncio noturno... — E ele sente uma solidão, quando pensa no passageiro desconhecido, anônimo, que desceu do bonde, enfiou-se pela rua travessa, desapareceu, sem nome, sem lugar conhecido...

Mas ainda tem a volta do bonde. Quase sempre passa chispado.

Que demora será essa?...

Não seria o Fraga? Não: o Fraga nunca ou quase nunca sai à noite. Se deita com as galinhas.

Aquela lata (de galpãozinho ou de galinheiro) irá ficar batendo a noite inteira? Assim ele não dorme...

O bonde outra vez. Passa numa lufada. O rodar metálico vai diminuindo... diminuindo... Já está longe, imperceptível... Uma rajada de vento vem e cobre-o. Mas ele reaparece, mais apagado, mais distante... Apesar do murmúrio do vento, Naziazeno o distingue ainda... Ainda... Já deve ir tão longe, mas ainda o distingue... Será possível?... Parece que o ruído do bonde não cessa, continua, continua... Será mesmo o bonde isso que está ouvindo?... Quem sabe até se não é dos seus ouvidos...

Precisa dormir, descansar a cabeça.

Está inquieto. A cabeça lhe arde. Os olhos cada vez mais cheios de farinha.

Que horas serão? Parece que ouviu, por entre o vento, ainda há pouco, umas pancadas de relógio na casa vizinha, na casa do "rapaz". Tinha vontade de saber se de fato há lá um relógio que dê pancadas. Adelaide lhe poderia talvez responder.

Serão onze horas? Meia-noite?

É bem possível. Já não ouve bonde há muito tempo. Mas, quem sabe se já não passou por um sono, uma modorra? Não pode jurar, não... Parece-lhe estranho que tenha estado acordado todo esse tempo...

Tem curiosidade de saber que horas são.

Faz-lhes falta um relógio. Principalmente um relógio de parede, na varanda. Vendem-se esses relógios em prestações. Eles já tiveram entusiasmo por um relógio desses.

O vento mesmo não deixaria distinguir as pancadas do relógio da outra casa. Se bem que o vento abrandou. Há já algum tempo que *espera* aquele guincho, e ele não tem se produzido.

O filho se mexe, começa um choro, mesmo sem acordar. Naziazeno se senta na cama. Adelaide não o ouviu. O menino tem outra revirada na caminha encostada ao lado do leito deles. Naziazeno *acha* que deve acordar a mulher; não vá o guri abrir um berreiro. Adelaide meio se vira também. Mas a criança se acomoda, a mulher não chegou a despertar, tudo recai novamente na calma e no silêncio...

Ele já tem um pouco de fome agora...

Está outra vez com os olhos fechados, o ventre para cima.

E se fosse tomar um gole de vinho?... Mas tem aquela preguiça nas pernas. E, depois, seria despertar completamente.

É melhor tapar a cabeça com o lençol, não pensar em nada, ver se dorme...

Nitidamente uma pancada, longe, sonora, que ficou ressoando...

Uma hora!... Já lhe parece um século aquela noite e é apenas uma hora!...

Precisa dormir, precisa descansar. Tem de aproveitar esse resto de noite. É estranho: um cansaço tão grande, e não conseguir conciliar o sono...

24

Se se levantasse? fosse fazer alguma coisa?... Quer *examinar* bem essa ideia. Imagina-se sozinho de pé, fazendo ruídos a cada movimento, ruídos retumbantes...

Àquela hora todos dormem, é a hora de todo o mundo dormir. Só ele... Acha que fazendo um esforço de concentração, também dormirá. Ele vai fazer esse esforço.

Vai *fixar* a atenção numa coisa só: num círculo... por exemplo. Um círculo claro, luminoso... Está ali; é aquele. Ali tem um círculo luminoso, amarelado, quase brilhante... Vai fixar somente esse círculo. Até cansar. O círculo amarelo às vezes parece que gira, gira... Depois se abranda, se abre, como uma roda... Toma cada vez um espaço maior... maior...

... A luz amarela agora encheu todo o céu... Em torno daquela cúpula amarelo-ocre a sombra vai se enchendo de nuanças, que começam com o amarelo-lívido. Bem embaixo, aquela muralha espessa é negra... Os objetos recebem por cima uma luz cor de enxofre, como uma poeira... As casas, as pessoas estão mergulhadas nessa luz amarela...

... O grupo se encaminha em direção da casa. A chuva amarela escorre das vidraças, tapando-as... Mondina espia longamente a porta fechada, a janela, a fachada...

Naziazeno controla-se vivamente. Procura o seu círculo amarelo. Toda a pálpebra é uma bola amarela adiante dos seus olhos. Abre-a então, num movimento repentino! — Lá está a lamparina ardendo a sua chamazinha amarelada... lívida... fininha como um pingo...

Transporta-se para a repartição. Está exatamente tirando as "notas" de dentro das gavetas. Conta-as todas, primeiro. Depois confere-as longamente. Calcula todas aquelas cubagens. O capataz lá embaixo erra muito. Ao princípio ele descia, ia corrigir com ele. O outro fazia uma cara perplexa. Já há muito que resolveu alterar tudo aquilo por sua conta. Nem mesmo manda-lhe a nota para ele passar as correções para os seus papéis. Na apresentação dos balanços e das contas mensais da secção tudo isso aparece, é mais fácil retificar aí.

A classificação agora. Separa tudo pelas verbas. Depois, dentro de cada verba, pelos nomes. Vai a seguir lançando uma a uma, puxando os subtotais...

"— Só não concordo com essa grade: *Subtotais*."

"— São as somas parciais..."

"— Pois então?..."

"... que vão ser puxadas depois pra se ter o total geral."

Mas o velho contabilista insistia:

"— Não acho bem... *Subtotais*..."

Para o outro exercício o livro vai ser alterado. Vai ter "somas parciais" em lugar de "subtotais"...

Não dorme mesmo.

Já quase não venta. Distingue perfeitamente todos os ruídos em torno. Os galos longamente cantaram, responderam-se. Depois um cão ficou muito tempo latindo... uivando... Agora, *acompanha* todos os quartos de hora do relógio.

Às vezes tira um braço para fora da cama. Quer abrir os olhos, fitá-lo. Mas não se anima: sente uma certa inquietação com esse olhar vivo, no meio da solidão e do silêncio...

Fecha então as pálpebras, com força.

Amanhã vai falar à mulher. Vai ver se dão um jeito com aquela luz. É ela que não o está deixando dormir.

Foi o médico que lhes disse:

"— Num quarto com criança pequena sempre deve haver luz."

Hoje, ao passar na praça Quinze com os companheiros, no caminho para a joalheria, ele viu o médico, que deixava o portão da galeria, atravessava a rua em direção do Abrigo. Ele ia passar sem vê-lo. Mas já no meio da rua voltou-se para o lado em que eles iam, meteu-lhe os olhos. Naziazeno teve de desviar a cara, olhar em frente, o passo precipitado...

O seu corpo está frio, quase gelado. O coração parece que nem bate...

Não demora muito para o relógio dar duas horas.

Não sabe como teria sido sem aquele Mondina. Alcides desconfiou com ele.

Alcides tinha razão quando duvidava que o diretor o desapertasse. Eles estão sempre com prevenção. É o que ele não faz. A sua confiança é obra da sua simpatia, da simpatia com que trata os outros.

Talvez que, se tivesse abordado o diretor noutra ocasião e a sós com ele... Ele supõe decerto que seja seu hábito. *Mordedor*... O que é que vai fazer pra dar uma solução definitiva à sua vida? O que é?

"— Eu sei que muitos homens arranjam sempre um biscate depois do serviço"...

Ele vai amanhã mesmo — hoje!... — procurar o "dr." Mondina. Depois de largar o trabalho quanta coisa ele poderá ainda fazer... Um advogado precisa de ajudantes. Aquele rapaz do dr. Otávio Conti é decerto o seu ajudante.

Tinha vontade de saber o que é que estava pensando dele aquele sujeito da outra calçada...

O Costa Miranda com aqueles escrúpulos... Imagina a cara do Rocco quando viu aparecer o Alcides. Primeiro pensou que fosse sobre a letra.

"— Não tem avalista? Então não tem importância."

Mainho tem uma inspiração funda, remexe-se um pouco na cama, tira uma perna para fora das cobertas. Naziazeno pensa em cobri-lo, mas não se anima. Sabe que tem a cabeça ao mesmo tempo vazia e pesada. Não se anima a levantá-la. Volta às suas divagações...

É um desaperto um anel daqueles.

Nunca ouvira Alcides falar naquele avô. Será por parte de pai? Ele é Kônrad. Nome alemão. Alcides provém duma família que já foi decerto importante. Uma providência — aquele anel...

Sempre a sua precipitação, o seu atarantamento... *Perdeu* aquele relógio. Lhe seria bem útil num instante desses.

Uma superposição vaga de figuras... O Assunção... O Fernandes... Martinez... Vê-se arrastado pelo Duque dum lado para outro... Caminham numa cadência... numa cadência... Parece que não pisam... Só enxerga o perfil do Duque, um perfil trigueiro, de focinho fino, um pouco caído... Tudo vai se confundindo... À sua frente ele só percebe uma atmosfera esbranquiçada, onde já aparecem coisas e formas vagas... que não pode fixar e distinguir...

Quer ficar assim muito tempo... muito tempo... quando tem um sobressalto. Um estalo se faz ouvir para o lado da peça da frente. O filho chega também a assustar-se. Quer acordar, tem um chorinho. A mãe, meio dormindo, passa a mão por cima da guarda da caminha. Nana-o. Ele se aquieta. Ela depois dum instante também adormece novamente.

Naziazeno não quis deixar ver que estava acordado.

25

Aquele vazio da cabeça dá-lhe por vezes a sensação da imponderabilidade. Não sente o seu corpo, ele parece que se subtrai à ação da sua vontade. Nessas ocasiões não mexe com um braço, com um dedo...

A volta à casa foi exatamente como a que ele sonhara. Pôde comer em paz, tranquilo, o olhar no dinheiro...

A mulher está outra vez com o seu sapato. No domingo vão dar um passeio todos três.

Vê bem a figura do leiteiro, os olhos nos seus olhos, o pescoço trigueiro e musculoso, o seu ar de decisão.

"— Lhe dou mais um dia!"

E a mulher pálida e apavorada, como que prestes a fugir. Depois um resmungo de desaforo, o seu dorso de camiseta, a batida violenta com o portãozinho, a chicotada de raiva e de desabafo no burro...

Nos quintais, nas outras casas, havia um silêncio atento...

Já jantou. Sentou-se na pequena cadeira de balanço. Embala-se de leve, com um ritmo macio, pensativo. A mulher está junto à mesa de tampo escuro e luzidio. O vento lá fora. Um ar de aconchego ali na varanda, um silêncio, uma calma... Se compraz — se compraz! — em depositar os olhos no dinheiro, quieto e dócil, meio se confundindo com o tampo escuro da mesa. Quer se penetrar daquela verdade, daquela realidade:

"— Não te parece uma mentira estar com esse dinheiro aí?..."

Ergue a cabeça, olha o forro com um olhar de serenidade satisfeita e refletida...

Ele vê a mulher com sono. A noite está fria, boa pra dormir. Sente o estômago repleto, a cabeça fortalecida. Ficaria um bom pedaço ainda ali, naquele embalar tranquilo e ritmado.

Mas é preciso fechar a casa. Vai à peça da frente. Os batentes da janela se acham entreabertos. Olha para fora. O vento às vezes esborrifa um pouco de poeira ante a luz do lampião lá em cima, dependurado daquele braço do poste. A rua — deserta. No mercadinho defronte, na esquina pegada ao Fraga, o "homem" está fechando a "casa".

Depois é a "arrumação". A surpresa... A luz esbranquiçada da madrugada entra com *ele* pela meia folha aberta da porta. Ilumina aquela ponta da mesa. Ele se aproxima, a cara embesourada, os olhos na panela do leite. Mas imediatamente o seu olhar dá com aquele pequeno rolo escuro, achatado contra a tábua branca e esfregada. Aquele dinheiro ali é a prova dum cuidado, duma atenção... Aquele dinheiro espera-o... espera-o! Pensaram nele, e com amizade... o requinte daquela "arrumação" meticulosa e correta denota solicitude, mesmo carinho... *Ele* tem uma surpresa comovida... arrependido...

E Naziazeno sente que quer bem ao leiteiro pela felicidade que ele lhe proporciona com essa sua satisfação... com a satisfação que tem, quando abre a porta da cozinha e se lhe depara tudo aquilo...

Um rumor de rodado, vagaroso e subterrâneo, vem da rua. Não é o rumor sonoro do bonde. É um ruído surdo, sem limitação, amplo e esgarçado... São carroças naturalmente, carroças para o mercado, que vêm rodando sem pressa sobre a faixa de cimento.

Boa ideia aquela de deixar o dinheiro sobre a tábua da mesa. Não só pelo incômodo de esperar pela sua chegada, muito cedo ainda. O encontro, cara a cara, traria olhares, recriminações, enganos e desconfianças... Não lhe seria possível deixar de lembrar-se, e de *lembrar-lhe*, num pequenino gesto mesmo que fosse, aquilo da véspera. A sua surpresa mesmo traduziria *despeito*, o ato de entregar, o simples *fato de entregar* o dinheiro seria hostilidade... E os inimigos de ontem se reuniriam, se defrontariam... Não agressivos, não: mas inimigos, com ressentimentos...

Com aquela ideia da *patroa* — nada. Ninguém se acha ali senão o dinheiro — e o dinheiro está especialmente esperando-o, um cuidado, uma atenção, uma solicitude se agitam brandamente *por detrás* dele, perdidas pela noite adentro e pelo dia...

O leiteiro espera qualquer coisa? O leiteiro espera talvez uma desculpa... ("— Ele não aceita mais desculpas...") que alguém se levante, vá parlamentar na porta da cozinha... A discussão recomeça... Ele talvez se despeça ali mesmo, com um desaforo, com uma ameaça... Prometa ainda fazer um escândalo maior... lhe dê novo prazo, curto, premente, premente... — E um cansaço lhe vem pela *antecipação* dessas lutas futuras...

O zumbido dum mosquito descreve um arco (um arco!) por cima da sua cabeça...

Talvez que ele *viesse* ao meio-dia... Já uma vez, de volta da repartição para o almoço, viu o leiteiro ali, na calçadinha do pátio, junto à porta do comedoiro. A mulher estava lhe pagando o mês. Ele lhe tirou o chapéu, o ar sorridente, enquanto Naziazeno mal compreendia...

Talvez escolhesse aquela hora do almoço...

A voz espantada da mulher viria dizer-lhe:

— *O leiteiro está aí!*

A comida — aquela comida triste — lhe para. Uma laçada envolve-lhe a garganta, dá-lhe o nó... Que pode fazer?... Digam?... E outra vez a discussão, uma discussão gritada, alterada, no meio dum silêncio de todos aqueles pátios, mesmo da rua, um silêncio atento... na calma do meio-dia...

Naziazeno vira-se, muda de posição. A claridade amarela de lamparina já é mais esmaecida... Há um silêncio na rua, silêncio que lhe parece súbito, que se fez agora, nesse mesmo instante. Ou será talvez por só então ter prestado atenção nele?... Talvez...

Volta a um quadro risonho: vê-se na cadeira de balanço, se embalando, a mulher lá no seu lugar, entretida, e ele acariciando, acariciando o dinheiro com o olhar feliz...

À hora da "arrumação" pegou dos cobres, foi na frente, contando-os. No meio do corredorzinho parou: estava escuro, escura a cozinha. Deu passagem à mulher, meio quadrando o corpo. Ao chegar à cozinha, já havia recomeçado a conferência. Mas, aí, contou ainda uma vez. Cinquenta e três mil-réis... Uma de cinquenta (uma cédula verde, grande, com um brilho velho e graxento)... Uma pequeninha de dois mil-réis e uma de mil-réis... (Já quase não aparecem dessas notas...).

Escolhe o lugar. É uma esplanada branca ao lado da panela do leite. Quaisquer sombrinhas se projetam, se alongam sobre ela. Ele a vê cheia dos brinquedos da sua infância, dos pequenos carros que projetam sombrinhas — os raios das rodas... — nesse *dia* misterioso que era uma tábua de mesa iluminada, rasa...

Não muito perto da panela, nem muito distante. Naquele lugar... É um lugar oferecido, que se descobre a um primeiro olhar. Solitário e correto, *ele* está ali, num pequeno rolo achatado, por obra duma vontade... esperando...

Tudo em ordem... O seu olhar é tímido... procura abranger os perigos, as "surpresas" ambientes...

"— Mais nada então..."

Volta nervoso... Leria de bom grado. Mas não sente entusiasmo por nenhuma daquelas coisas que tem em casa. Lembra-se "do" livro, e como que o *percorre* todo, todas as páginas, de tão lidas, de tão sabidas, de tão "claras" que se acham.

Está outra vez na sua infância... Uma tia — romântica! — lhes lê *Paulo e Virgínia*, e chora... chora quantas vezes lê... (E ela só possui esse livro...) Faz algum tempo — recorda-se... — teve curiosidade, quando passou por aquela porta do mercado e viu o lençol de livros de cordel. *Paulo e Virgínia*... Abaixou-se pra pegar.

"— Deixa isso" — dissera-lhe Alcides.

O sujeito dos livros — um rapaz novo com uma voz de mambira — descobre uma pilha ao lado, que uma espécie de toalha grande dissimulava:

"— Não querem livros gênero livre? Temos aqui Rabelais... (Ra-be-la-is...) Minha esposa e seus amantes..."

A mulher tem a cabeça um pouco inclinada para o ombro esquerdo. Uma sombra tênue mancha-lhe dum escuro pálido um pedaço da face...

Se a noite fosse quente, dessas noites de fevereiro, talvez se levantasse, fosse para a janela da sala, olhar a rua, aquele vagaroso se mexer da cidade que meio se acorda já... Mas nem pensar nisso: tem a cabeça vazia e imponderável... as pernas duras e doídas, pesadas... O próprio mover-se na cama é um trabalho. Muito tempo, naquela posição de lado, os seus joelhos ficaram um contra o outro, fincando, pisando... Ele o esquecia, voltava a pensar, esquecia de novo... Não se animava a mover-se, a virar-se...

Toda a cabeça lhe dói. São dores que lhe sobem simetricamente de cada lado do pescoço atrás dos ouvidos. Às vezes começa na frente também. É uma dor ardida, dor de pensar muito, como essa que sentiu de manhã no bonde... Dor de cansaço...

Ainda não dormiu! Só ele!... só ele sem dormir... Vem-lhe então o sentimento duma "exceção" ... sentimento estranho, que ao mesmo tempo que o apavora, o humilha...

Aquela sensação de dor cansada, dum lado e doutro da cabeça, não passa. Talvez que se molhasse a cabeça, debaixo da pia da cozinha...

Vai se aconchegar no lençol, acomodar bem a cabeça no travesseiro, encolher-se, de lado, os olhos fechados, uma expressão de tranquilidade — de tranquilidade — na face, como de quem vai dormir... O sono há de vir... Ficará assim algum tempo.

Mas parece que o espiam nessa posição... Deverá entretanto ficar assim algum tempo, mais algum tempo, sem se mexer, sem pensar... sem pensar em nada...

26

De estar assim aconchegado, coberto, encolhido, lhe vem um calor, um suor. Descobre um ombro, depois o braço. Sente que vai ficando esperto outra vez. Qualquer coisa é motivo para o sono lhe fugir. A sua mente fica como que aguda, fina, apesar daquela imponderabilidade, daquele cansaço *físico* que a envolve...

Acha estranho não ter até agora ouvido o barulho do bonde "fantasma". Porque com toda a certeza já passou... Que horas serão? Não pode precisar. Ainda há pouco ouviu um quarto...

O bonde vinha cheio de gente. Bondezinho fechado, igual ao da manhã. Agora estão pondo desses bondes nesta linha... Fechado, agasalhado, cheio de luz. Como uma casa.

Ele se acomodou com o seu pacote num dos cantos. A porta ainda aberta, entrando pessoas, o sinal fechado. Passa o guri dos jornais. Naziazeno, desde aquelas compras que fez e que leva ali, naquele embrulho, que pegou o gesto de meter a mão no bolso do colete e tirar... tirar...

Mas é um jornal, dois tostões apenas. (*Quantas coisas se pode fazer com dois tostões... O valor de dois tostões numa situação assim...*) Um jornal... Duque sabe tirar partido da leitura dum jornal... Certos anúncios... Não pode imaginar como.

Ele não saberia fazer nada com o jornal. Ali naquele canto do bonde, só quer pensar, refletir, rememorar aquele minuto: Duque contando-lhe nas mãos os sessenta e cinco mil-réis, enquanto de parte Mondina e Alcides, meio se reconciliando, combinam os "passos" do dia seguinte...

O jornal iria ficar esquecido na sua frente, na sua mão.

Olha para fora, para a paisagem noturna. O bonde desloca consigo uma grande mancha de luz, vermelha, com vida. Uma linha ainda um tanto clara mais adiante, por onde perpassam pessoas que nascem misteriosamente da sombra. Depois, mais longe, em todo aquele vasto círculo negro que circunscreve a mancha vermelha da luz do bonde, sombras de árvores e de casas, sombras, sombras... O olhar deixa de existir nessa sombra... Toda a atenção está livre, virgem, como uma chapa fotográfica que se desvendasse na treva da câmara escura... — E ele volta a rememorar, a pensar, a refletir...

Alcides está amuado. Mondina tem o embaraço de duas ideias da mesma intensidade, e opostas... Parte do seu olhar confessa querer, outra parte — não querer. Não existiria naquele momento, de boa vontade...

Mas o braço de Duque solicita, exige o anel... Alcides acaba tirando-o do bolso do colete onde de novo o pusera. Mas ainda não se decide. Descansa-o no mármore da mesinha, girando-o e atraindo-o nas pontas dos dedos, como num ímã. Os olhos de Mondina reluzem como à aproximação dum desfecho. O braço de Duque solicita, solicita...

Aquele ímã dos dedos já perde um pouco da sua força... O anel como que vai aos poucos se libertando... Mas outro ímã — outros dedos — o puxa para si, vai trazendo-o, magnetizando-o... *Trê-trêtrê*... E o anel é lançado ao meio da mesa num saltitar surdo, como uma ficha que se joga na parada. Os outros dedos — o outro ímã — recolhem-no, envolvem-no...

"— É muito melhor assim. Negócio mais garantido..."

À vista novamente daquele anel, os olhos de Mondina fuzilam...

"— O dr. Mondina me passa cento e vinte mil-réis..."

Alcides levanta o olhar. Coloca-o no rosto do Duque. Mas este nada responde, não vê esse olhar, essa consulta, ocupado com o anel e com Mondina.

Chegou para Mondina o desfecho. O seu olhar, de tanto brilhar, já é úmido. O rosto fica vermelho e congesto. É uma cobiça recatada, pundonorosa... É o que Duque parece estar tranquilamente vendo, com aquele meio sorriso com que propõe e aguarda a transação...

"— Mas não era preciso... Podia ser um negócio de confiança... Nem se trata duma grande quantia..."

"— É melhor assim... é melhor assim..." — responde o meio sorriso do Duque.

Como lá na casa de penhores, Mondina tira o dinheiro do bolso com um grande rubor da face, do pescoço. Saem notas, notas...

"— Preciso trocar. Não tenho a importância justa."

Levantam-se. (Ficaram uns níqueis debaixo da borda dum dos pires.)

Todos em direção à caixa.

"— Troco de cem? É difícil..."

"— Mas veja se nos arruma. É pra uma despesa urgente."

"— Com muito gosto trocaríamos. Mas não temos."

Pausa. Reflexão.

"— Onde é que vamos trocar isso?"

"— Ali no Bolão" — indica Duque, depois dum momento, e para lá se tocam.

O Bolão ocupa um corredor, antiga passagem, corredor que noutros tempos foi o acesso duma oficina ou dumas cocheiras que existiam num pátio, ali... Naziazeno fica na porta, não entra.

Caras que vão e vêm. Quase todas, ao passar, põem os olhos nele. Na maioria são caras paradas, tranquilas à força de estagnadas. Os casacos são surrados.

Escoa-se algum tempo. Um cinema fica mesmo ali pertinho. Muita gente para lá se encaminha. Todos, ao meter o pé na grande esteira luminosa que o "corredor" estende pela calçada, introduzem o olhar para dentro, bem lá para o fundo. Naziazeno vê uma porção de caras iluminadas, que aparecem, deslizam, desaparecem...

Defronte é uma vitrina onde há uma enorme fôrma de madeira, para sapatos... Há sempre um ou dois sujeitos examinando a fôrma...

Os amigos reaparecem, com ruído, conversando. Naziazeno sente um baque dentro!

"— Acharam?..."

A sua voz é mal segura, tremulante.

"— Achou-se sim."

Os amigos não se detêm. Ele os acompanha...

O bonde já está parado há alguns segundos. Outros bondes também ali. Aliás o ambiente é mais animado, há mais luz. Ele mete toda a cabeça para fora. Espia. O entroncamento! Desce numa lufada.

Já de longe, distingue a vitrina da Loja Dolores...

A essa hora os bondes já vão ficando mais escassos. Há quanto tempo espera ali, os seus dois embrulhos...

A seu lado, uma mulher, com uma criancinha no colo, caminha daqui para ali, vai até a esquina, volta.

... Duque levou-os a todos para debaixo dum lampião na outra calçada, não muito longe da vitrina da fôrma de sapato. Fez-se um pequeno círculo. Duque ergue um pouco a mão, mete-a em cheio debaixo da lâmpada. A luz ilumina um pequeno maço, que ele desfolha com o dedo, como folhas dum livro torcendo-se, esturricando-se, levantando-se com o calor... Mondina tem o olhar em cima dessas folhas, um pequeno ruído gutural, automático e inconsciente, um breve movimento de cabeça. Duque conta-as, uma por uma, para conferir, sob o olhar de todos eles. Depois conta oitenta (quatro cédulas de vinte mil-réis) e entrega a Mondina. Já Mondina tinha uma cédula na mão, que passa ao Duque, ao mesmo tempo que recebe o outro dinheiro. Duque então se volta para Naziazeno...

O seu focinho é sereno. O dorso meio curvo, um tanto baixo...

O sapateiro fica mais ou menos uma quadra ou duas aquém da sua casa. É melhor um banco da direita, pra ir cuidando a casa do sapateiro.

A mulher da criança tomou esse mesmo bonde. É morena (queimada). O cabelo liso, puxado para trás. É moça menos na boca, uma boca comprimida, com vincos, boca de estar fechada sempre... Olha para a criança e para fora. Parece que procura se distrair olhando para fora toda vez que a criança permite... Quando o condutor vem cobrar, meio que não compreende... Depois paga.

Naziazeno já está com os níqueis na mão.

Confunde muito essas ruas... Não vá já estar perto... O mais acertado é começar a cuidar desde agora.

A cabeça, para fora da janelinha, recebe um vento forte, frio. Quem diria que o tempo haveria de mudar... Aquela ameaça de temporal... Choveu decerto pra alguma parte.

O sapateiro mora numa casinha pequena, duma série de casinhas todas iguais. Talvez já esteja acomodado. Vai-se fazendo tarde... Eram oito horas lá no café. Depois disso, quanto ainda fez, quanto ainda caminhou... A demora na fiambreria... A demora na Loja Dolores... E ainda aquele tempo de espera do bonde...

"— Trouxe o dinheiro?"

O menino da viúva, que fora buscar o sapato, meio se embaraça, mas diz que não depois dum instante.

"— Vá dizer então a eles que eu só mando o sapato com o dinheiro."

Ele conhece esse sapateiro. É um sujeito alto, curvo, branco, a barba preta, meio calvo.

Naziazeno desceu do bonde, procura a casa. Tem de ser uma daquelas... Para lá se dirige. É essa mesmo. Num lugar mais claro da rua, conta dois mil e quinhentos, segura dentro da mão.

O sapateiro trabalha ainda. Ergue-lhe a cara ao vê-lo entrar.

"— Venho buscar um sapato de mulher... da minha mulher... que há muito tempo está aqui pra compor..."

O dinheiro migrou de dentro da mão para as pontas dos dedos. É uma pilhazinha de duas cores: ouro velho e branco. O sapateiro mete o olhar em cima da pilhazinha, um olhar que conta, calcula...

"— Um sapato de senhora... — vai esclarecendo Naziazeno. — Está aqui há muito tempo. Do número 24-52..."

O outro se levanta, passa-lhe ainda um olhar de cima a baixo, vai até uma pequena prateleira. Vem de lá com um pé de sapato, preto, um cheiro de sola nova, de tinta própria. Naziazeno examina-o ligeiramente, entrega-lho de novo para embrulhar. Ao recebê-lo por fim, deixa cair na mão do sujeito as moedas todas juntas.

"— Boa noite."

"— Boa noite..."

Dali à sua casa são pouco menos de duas quadras.

Ele não tem onde pôr o embrulho dos sapatos. Aperta-o com o braço, quase na altura da axila. O vento, que às vezes tem uma rajada mais forte, entra pelo embrulho malfeito de papel de jornal, e desmancha-o quase. Ele tem de estar a cada momento compondo-o...

Os lampiões são dum lado só da rua. Um braço, preso lá no alto, do poste do fio do bonde, sustenta a lâmpada com tulipa, que balança, balança, no vento...

Já se distingue o oitão da sua casa. O terreno é alto. Um valo fundo corre entre a faixa de cimento e as casas. Pinguelas, defronte dos portõezinhos. Escadinhas, de tábua, de cimento, que sobem o barranco, fazem uma mancha clara na terra negra.

Ao chegar próximo à esquina, Naziazeno tem um sobressalto: pôs os olhos na cara escura, barbuda do amanuense da prefeitura — que vem atravessando a rua, quase que inteiramente voltado para ele...

Lá vem o bonde que o trouxe, de volta já do fim da linha. Vem a toda. (É uma meia descida.) Tem um movimento incessante de lateralidade, dá guinadas para um e outro lado, parece que vai saltar dos trilhos. Não parou. Passa por ele como um trovão metálico, sonoro...

... Os cento e vinte mil-réis na mão, já completamente voltado para ele, cara a cara, Duque vai dizendo, justificando:

"— Falta agora trocar o nosso."

Alcides e Mondina estão combinando, combinando...

Duque:

"— Lá no Bolão só consegui trocar um dos cem."

Gira um pouco a cabeça em torno, meio a levanta. Depois:

"— Vamos ali na bilheteria do cinema."

E para os outros:

"— Nos esperem um pouco aqui."

Metido o focinho dentro do guichê, Duque confabula, confabula. O outro fala, revira as mãos, faz o gesto de abrir a gaveta, mostrar. Mas Duque confabula, confabula...

O outro começa como que a se acalmar. Só está um tanto corado. Olha para baixo, para a gaveta, quase sumida lá para os lados dos seus joelhos. Duque diz qualquer coisa, já não mais instante, coisa conversada... O sujeito responde, os olhos baixos, olhos dentro da gaveta. Depois se põe a tirar um dinheiro, umas cédulas, que estende no seu balcão, sob o olhar atento e educado do Duque, aquele olhar que o Duque tivera, no café do mercado, para as histórias do Mondina...

"— Muito obrigado."

"— Veja se está certo."

"— Está certo sim. Muito obrigado."

"— De nada."

E para ele, que se conservou ali sobre o cordão do passeio, as costas voltadas para a grande entrada iluminada:

"— Vamos."

Lá mais adiante, além da vitrina da fôrma enorme, na outra calçada, Mondina conversa, se anima, tem gestos. Alcides ouve, o olhar esquivo, o beiço um tanto amuado ainda...

Chegam. A palestra cessa. Eles põem o olhar no Duque.

"— Troquei."

E virando-se para Naziazeno:

"— Quanto é que você precisa? Exato..."

Ele vai soltar o seu clichê, aquele clichê melancólico:

Cinquenta e três mil-réis... Sessenta arredondando...

"— Cinquenta e três mil-réis" — antecipa-se Alcides, a voz querendo perder o seu amuo.

Duque ouve, a cabeça baixa, os olhos no dinheiro. Depois ergue o olhar, depõe-no nos olhos de Naziazeno.

"— Você vai levar mais alguma coisa" — diz-lhe ele.

Conta a importância. O resto, que meio o atrapalha, lhe ocupa as mãos, os dedos, ele o entrega a Alcides:

"— Me agarra isso um momento."

Vai depositando cédula por cédula na mão de Naziazeno:

"— Sessenta e cinco mil-réis..."

Galga a escadinha numa trepidação. A lâmpada lá no poste, oscilando no seu braço a alguns metros dali, faz uma sombra qualquer dançar no oitão da casa, sobre o alto. A porta do comedoiro fica num escuro.

Ela está apenas encostada. Uma frincha de luz avermelhada abre-a de cima a baixo, como uma incisão.

Naziazeno nela se apoia de leve. A porta cede. Mãos ocupadas, o seu braço vai abrindo... abrindo... Um sorriso claro na sombra do rosto. Adelaide lá na mesa, no seu trabalho, ergue-lhe a cara branca e triste. Vai compreendendo pouco a pouco. Ela sempre com aquela mancha dos dentes brancos...

Depois, já entrou, meio dá-lhe as costas, empurra a porta com os embrulhos. Adelaide levanta-se lentamente. Vem até ele...

27

Outra vez um silêncio súbito.

Que horas serão? Com certeza é tarde. Não tem ouvido o relógio... Se vai prestar muita atenção, acompanhá-lo, vai se espertar ainda mais.

Quantas horas já está aí, nessa cama, enquanto os outros dormem... dormem...? Talvez umas cinco. Cinco horas?!... Figura-se esse mesmo espaço de tempo *de dia*, cinco horas *dum dia*, dum dia de trabalho, de atividade!... Das duas às sete da tarde. Estará mesmo todo esse tempo — das duas às sete... — ali deitado, virando-se... virando-se...?

Mas não... Houve um momento... Fora meio se ausentando... uma tonteira na cabeça... um arrastar de todo o corpo... uma vertigem... Depois um despertar súbito! Quem sabe se não dormiu mesmo aí?... Dormiu... Talvez haja dormido. Seria incrível ter passado toda a noite acordado... não ter havido uma *separação* entre aquele momento da varanda (em que se embalava... olhava o dinheiro... fechava a casa) e esse!

O ar tem um *chiado* — como que feito do conjunto de muitas — muitas... — vozes de insetos... Às vezes, é assim como um tinir... a vibração duma pancada de malho sobre a bigorna... Fica muito tempo esse chiar sonoro, metálico, fininho...

O filho tem uma respiração ritmada. O ruído da sua respiração destaca-se daquele *fundo*, daquele chiado ambiente... Um chiado, amorfo, unido, e um respirar cadenciado... Distingue bem isso, essa dualidade...

O chiado às vezes como que se parte. Um estalo, lá dentro, na sala, no comedoiro, rompe-o num ponto. Mas ele logo se reconstitui... se refaz... e está tinindo de novo...

De quando em quando "vê" a cozinha... a mesa, com a panela e o dinheiro, no meio dum silêncio, naquela atitude imutável... esperando... Abre-se a meia folha da porta. Entra com *ele* uma luz esbranquiçada, de madrugada. Ilumina a ponta da mesa. É um lívido ainda sujo. Já no chapéu, na cabeça do leiteiro há um raio de sol, vermelho e fraco... Ele se aproxima da mesa, da panela, a cara embesourada. Mas repara naquele pequeno rolo escuro, achatado contra a tábua limpa! O dinheiro!... Aquele dinheiro espera-o, mudo... espera-o... Pensou-se nele... Há um cuidado, uma atenção naquela "arrumação"... Pensou-se nele... todo o dia: *o leiteiro... o leiteiro... o leiteiro...*

Naziazeno distingue mais uns ruidozinhos, um como que crepitar de mandibulazinhas de insetos... O silêncio está todo cheio de ruidozinhos, dum crepitar miudinho. Aguça o ouvido. Pode mesmo separar: um chiado perto, dali de dentro do quarto, e os mil ruidozinhos que vêm do comedoiro, das outras peças, de longe... Aquele quadro — o tampo da mesa, a panela, o rolinho de dinheiro — aparece-lhe como envolvido naquela massa frouxa de ruidozinhos, como suspenso numa atmosfera feita daquele chiado amorfo e unido...

Vai só prestar atenção nesse chiado. Talvez durma, ouvindo-o, ouvindo-o com exclusão dos outros ruídos. Mas lá vem o barulho subterrâneo duma carroça sobre a faixa de cimento... Passou... Vai se encolher, prestar a atenção — uma atenção frouxa, aliás... — somente sobre aquilo... e dormir...

Está um pouquinho frio... Puxa mais a coberta, encolhe-se.

Espera aquela sensação de vertigem, o fluir, o arrastar do corpo... Começa com uma espécie de vazio ainda maior na cabeça, uma tonteira boa, uma imponderabilidade...

O chiado... Só quer ouvir o chiado. *Funde*, com um pequeno esforço, até a respiração ritmada do filho nesse chiado uniforme e unido, assim como o crepitar de mandibulazinhas, um que outro ruidozinho destacado...

É uma sensação agradável. Corresponde quase ao *não pensar*...

Vai dormir... vai dormir...

As pernas têm uma dormência... Parece que o chiado se comunicou a elas, está vibrando dentro delas, na sua carne...

Não quer pensar senão no chiado.

Há ali perto um ruído, dum móvel dali do quarto. Venha! Incorpora no chiado amorfo, unido... Tem medo de decompor *esse conjunto*, de seguir uma *linha* qualquer naquela *massa*...

Agora é um guinchinho... Várias notinhas geminadas... Parou... O *seu* chiado voltou a ter aquela uniformidade, aquela continuidade...

O filho se vira. Dá com a perna na guarda de ferro da cama. É um som surdo, duma "corda" grave dum instrumento de som muito baixo, muito baixo...

Ali está o seu chiado. O seu chiado o envolve. Dentro dele, ele está como dentro duma esfera... O seu chiado é uma bola, ocupando todo o quarto...

Um rufar — um pequeno rufar — por sobre a esfera do chiado, no forro... Ratos... são ratos! Naziazeno quer distinguir bem. Atenção. O pequeno rufar — um dedilhar leve — perde-se para um dos cantos do forro...

Ele se põe a escutar agudamente. Um esforço para afastar aquele conjunto amorfo de ruidozinhos, aquele chiado... Lá está, num canto, no chão, o guinchinho, feito de várias notinhas geminadas, fininhas...

São os ratos!... Vai escutar com atenção, a respiração meio parada. Hão de ser muitos: há várias fontes daquele guinchinho, e de quando em quando, no forro, em vários pontos, o rufar...

A casa está cheia de ratos...

Espera ouvir um barulho de ratos nas panelas, nos pratos, lá na cozinha.

O chiado desapareceu. Agora, é um silêncio e os ratos...

Há um roer ali perto... Que é que estarão comendo? É um roer que começa baixinho, vai aumentando, aumentando... Às vezes para, de súbito. Foi um estalo. Assustou o rato. Ele suspende-se... Mas lá vem outra vez o roer, que começa surdo, e vem aumentando, crescendo, absorvendo...

Na cozinha, um barulho, um barulho de tampa, de tampa de alumínio que cai. O filho ali na caminha tem um prisco. Mas não acorda.

São os ratos na cozinha.

Os ratos vão roer — já roeram! — todo o dinheiro!...

Ele vê os ratos em cima da mesa, tirando de cada lado do dinheiro — da presa! — roendo-o, arrastando-o para longe dali, para a toca, às migalhas!...

Tem um desespero nervoso. Vai levantar! Mas depois do baque da tampa caindo, fez-se um silêncio, um grande silêncio... Espera um pouco. O silêncio continua. Nem mesmo o chiado se ouve. Há só o silêncio.

Ele está sentado na cama. A seu lado, a mulher dorme, muito pálida, a cara gorda e triste. É um sono sereno, como de morta. Pensa em acordá-la, mas suspende-se: é tudo silêncio outra vez, o guinchinho cessou, cessou aquele roer num dos cantos do soalho... E, depois, sente um meio ridículo, uma vergonha...

Deita-se. De novo vê o dinheiro ao lado da panela do leite, sobre o tampo muito branco da mesa, no meio dum silêncio, quieto...

Não teria ficado algum farelo de pão na tábua da mesa?...
Parece "ter visto" — ter visto! — farelo de miolo branco, seco,
duro, como uma pequenina pedrinha... Mas como é que poderia ter ficado esse farelo aí?... Mainho não come pão de noite
com o leite... Só se comeu esse dia, por exceção! Não é impossível... Não sabe... não perguntou...

Não tem bem certeza se os ratos sobem em cima da mesa.
"— Se sobem..." Ouve nitidamente a "voz" de Adelaide res-
pondendo... informando... esclarecendo...

Vai levantar!

Meio "prepara" a energia, a decisão muscular. Fica todo
acuidade. Quer examinar ainda a sua ideia um instante, antes
de se erguer. Tem uma fadiga... uma irresolução... Como essa
que experimenta de manhã quando acorda e não se anima a
deixar a cama...

Os ratos estão roendo, roendo, perto dali, no canto do
soalho... Talvez seja a própria tábua do soalho que eles estão
roendo...

Estuda bem a "questão": se os ratos roem dinheiro... Vê os
ninhos, os papéis picados, miudinhos, picadinhos, uma moi-
nha... uma poeira... Sente um pavor e um frio amargo dentro de si! Aquela nota verde, gordurosa, graxenta, está sendo
roída... roída... roída... Esse fato está se passando agora... é
contemporâneo dele!... os ratos estão roendo ali na cozinha...
na mesa... são dois... são três... andam daqui para lá... giram...
dançam... infatigáveis... afanosos... infatigáveis...

Vai levantar! Vai dar outra arrumação.

Mas qual?... Há um "equilíbrio" naquele "esperar" sobre o
tampo da mesa — rolinho escuro e achatado, ressaltando, bem
à mostra, da tábua branca, lavada...

Não é possível — uma coisa tão medonha assim... Nunca
lhe disseram... nunca! É que o dinheiro nunca se acha ao alcance deles... Não devia ter deixado dinheiro em cima da mesa,

dinheiro papel! Ainda pode tirá-lo dali. E colocar onde...? Dentro da panela não pode ser... Não pode ser debaixo dela: ele não pega a panela quando bota o leite...

Guardar, então. Esperará o leiteiro de pé... De pé!... Tem uma fadiga... um cansaço...

Não roem, não. Não é possível... nunca ouviu dizer...

Está com sono. Mas é preciso reagir. É preciso examinar bem...

E ele passa outra vez a sua ideia numa crítica. Vê tudo quanto há de sensato e de absurdo nela...

Acordar Adelaide?

Ouve a sua voz, volumosa, retumbando ali dentro do quarto... Ouve-se dizer, com voz cavernosa, estranha, saindo do silêncio: "— Adelaide... Adelaide..." Ela *não acorda* no primeiro momento. "— Adelaide..." Não se anima. Talvez que o filho se mexa, que ela se acorde. Aí então, com voz baixa, *natural,* apenas *informativa*: "— Adelaide... Você não tem medo que os ratos possam... ("— Sim...?") ...estar mexendo... no dinheiro?..." "— Não mexem, não." E ela *se volta* outra vez na cama para dormir...

Naziazeno se tranquiliza...

Ouve a respiração do filho. Ele dorme um sono pesado, igual.

Naziazeno examina os "fundamentos" daquela sua tranquilidade. Seria *essa* — está por jurar — a opinião de Adelaide... "*Não mexem...*" Pode se tranquilizar, pois. Nunca ouviu falar que houvessem roído um dinheiro assim. "— Você acha possível, Adelaide, que os ratos roam dinheiro?..." "— É: eles roem papel. Dinheiro é um papel engraxado..."

Faz-se um grande tumulto dentro da sua cabeça!

Há um ruído mais volumoso na rua. Os galos cantam... Cantam perto... cantam longe... se respondem...

Naziazeno tem os olhos bem abertos, o ouvido agudo. Parece que viu uma sombrinha deslizando, fugindo, com um passinho rápido e leve sobre o soalho do comedoiro, perto da porta, na claridade projetada pela luz da lamparina... Reergue-se na cama. Espia, um olhar o seu tanto esgazeado. Fica um momento assim, sem nada ver, à escuta.

E se se levantasse?...

Deita outra vez a cabeça no travesseiro, para pensar melhor. Conserva o olhar aceso, no forro. Vê-se em direção à cozinha, cambaleando no corredorzinho escuro (a cabeça está tonta). Chega. Abre a luz com um temor: lá está a panela, reluzindo, bem esfregada com sapólio... lá está, ao seu lado, mas um pouco afastado, o rolo do dinheiro... Ainda fica indeciso... Não sabe se deixa como está, naquele silêncio, naquela quietude...

Outra visão, porém, passa-lhe rapidamente pelos olhos: mal abriu a luz... a mão ainda não deixou a chave, ao lado da porta, na madeira do portal... Dois ou três ratos, ligeiros, vis, escapam-se para todos os lados, cada um para um canto, como raios duma roda... Pequenos farelos... escuros... verdes... sobre o tampo esfregado da mesa... Sinais no chão... outros sinais!...

Que é que deve fazer?... Que é?...

Põe-se a examinar o forro, a ver se eles ainda estão ali. Passa muito tempo: nenhum ruído — aquele dedilhar, aquele rufar... O guinchinho mesmo, formado daquele conjunto de vozezinhas, já não ouve mais. Cessou também o roer... o roer. Decerto já foram embora... Naziazeno está quase certo de que eles já se foram. Alguma coisa os assustou. Talvez um barulho qualquer da rua. Foram-se...

Aquele silêncio mesmo parece a Naziazeno um silêncio de fim de alguma coisa — de fim de tarefa, de trabalho... É um repouso... a folga... Ele vê os ratos retirando-se, depois do trabalho, depois da colheita... Só alguns sinais no seu campo de ação, no seu campo de combate... Alguns destroços... uns pequenos retalhozinhos verdes... escuros... dum verde graxento, meio brilhante...

Adquire às vezes uma *certeza* tão grande *desse fato*, que chega a se dizer que não se levanta, não vai até lá, porque já nada adianta... nada...

E vem-lhe então aquela sua tristeza, aquela ânsia no estômago, aquele desânimo...

28

Ao seu redor, as coisas foram ficando mais apagadas. A cara da mulher... aquele desenho — aquele ramo — do frontispício do guarda-roupa... Tudo está sendo envolvido por uma claridade opaca, dum amarelo meio sanguíneo. Com os olhos fechados, já não tem mais defronte da pálpebra aquela bola amarela, translúcida. É tudo opaco, escuro... Repara na lamparina: o pingo de luz fininho e comprido foi substituído por uma bolinha de chama, uma chama em que já há um pouco de brasa...

Depois duma trégua, os ratos voltaram a roer, a roer... Outra vez naquele canto do assoalho do comedoiro o triturar fininho de madeira roída (decerto é a madeira). Talvez depois de consumido o dinheiro, eles passem a roer, a roer a tábua da mesa... Presta atenção. Alonga o ouvido. Espera ouvir o crepitar miudinho das mandíbulas, vindo lá do fundo, de longe...

O seu ouvido pega mil ruidozinhos de novo, capta outra vez aquele chiado, o tinir do malho na bigorna...

Tudo vai agora se confundindo nos seus ouvidos. Só individualizado, independente, o roer, o roer da tábua do assoalho...

Quem sabe se será mesmo do soalho, do soalho da varanda!... Talvez não seja. Deitado, àquela hora, no meio daquele chiado, o ouvido confunde as distâncias... Quer "localizar" exatamente. É a sua tarefa, a grande questão desse instante. Procura afastar o chiado incômodo. Mas ele se avolumou, tomou conta outra vez do quarto, e novamente aquela esfera, aquela bola... Está tão perto dos seus ouvidos, que ele quase que o sente com o tato... Entretanto precisa eliminá-lo, precisa isolar apenas o roer do rato na madeira...

Procura as "diferenças" entre o roer das várias madeiras: do assoalho, do forro, dum tampo de mesa... Hão de ser evidentes. Imagina um roer claro e aéreo, sonoro, da tábua da mesa da cozinha... Se os ratos estivessem roendo a tábua fina da mesa da cozinha, o triturar seria certamente ainda mais fininho, quase musical... Põe outra vez o ouvido no ar: vê se pega de novo o ruído do rato. Parecera-lhe surdo, meio redondo, abafado pela espessura da madeira...

Está exausto... Tem uma vontade de se entregar, naquela luta que vem sustentando, sustentando... Quereria dormir... Aliás, esse frio amargo e triste que lhe vem das vísceras, que lhe sobe de dentro de si, produz-lhe sempre uma sensação de sono, uma necessidade de anulação, de aniquilamento... Quereria dormir...

Não sabe que horas são. De fora, do pátio, chega-lhe um como que pipilar, muito fraco e espaçado.

Quereria dormir...

Mas que é isso?!... Um baque?...

Um baque brusco do portão. Uma volta sem cuidado da chave. A porta que se abre com força, arrastando. Mas um breve silêncio, como que uma suspensão... Depois, ele ouve que lhe despejam (o leiteiro tinha, tinha ameaçado cortar--lhe o leite...) que lhe despejam festivamente o leite. (O jorro é forte, cantante, vem de muito alto...) — Fecham furtivamente a porta... Escapam passos leves pelo pátio... Nem se ouve o portão bater...

E ele dorme.

O cerco dos ratos

Davi Arrigucci Jr.

Naziazeno Barbosa precisa de cinquenta e três mil-réis para pagar a conta do leiteiro e sai pela cidade — uma Porto Alegre do começo do século XX — para cavar o dinheiro. Como num lance de jogo, a narração seguirá as andanças desse pequeno funcionário público, movido pela mais estrita necessidade, durante um único dia. O retorno à casa com alguns cobres, já noite feita, o leiteiro pago e o jorro cantante do leite, na madrugada seguinte, encerram o círculo de uma narrativa paranoide, marcada pela busca obsessiva que raia o delírio, sem que, afinal de contas, se resolva o problema mais geral da existência de Naziazeno.

Em vinte e oito capítulos curtos, apareceram, em 1935, *Os ratos*, de Dyonelio Machado, dublê de escritor e psiquiatra, cuja obra mais representativa é parca, mas instigante, e pela aparente desigualdade do conjunto continua desafiando a crítica.

Trata-se de um romance breve, concentrado, surpreendente pela originalidade saída do mais prosaico, com perfeito equilíbrio entre os elementos psicológicos e sociais, explorados em profundidade, numa forma simbólica de longo alcance.

Os anos se escoaram, e o livro continua forte, entre o que há de fundamental na prosa de ficção brasileira, sendo exemplo bom até hoje de como se pode tratar de problemas humanos básicos da vida em sociedade sem cair no naturalismo rasteiro, nos modismos fáceis de linguagem e na mera reprodução das formas de brutalismo e violência que infestam nossas cidades, degradando nossa existência. É pelas pegadas esquivas de seu anti-herói moderno que entramos a fundo em perplexidades reveladoras de nosso tempo, demonstrando a força de conhecimento, sugestão imaginativa e sopro de poesia que podem alcançar a literatura quando bem feita.

A arte da expressão

O leitor percebe logo que Naziazeno poderia se enquadrar no título do primeiro livro de contos de Dyonelio: *Um pobre homem*. Por essa fisionomia do personagem e pelo viés temático, o romance sugere afinidades com a narrativa russa do século XIX: com os descendentes do Gógol de *O capote* e o sonho esmagado de seu pequeno burocrata numa Petersburgo triste e hostil; com os "humilhados e ofendidos" de Dostoiévski; com os "caminhos cinzentos" dos personagens de Tchékhov. Mas o tratamento estético que Dyonelio imprime à sua história nos traz de volta aos começos do século XX e às tendências de vanguarda, que aproveitou numa forma pessoal de aguda penetração no contexto brasileiro de seu tempo.

Narrada em terceira pessoa, a princípio se pode pensar que a história vá se resumir ao estudo de um caso psicológico, tratado a distância, nos moldes do romance naturalista, limitando-se à observação rente ao real. Embora se perceba algo dessa matriz, o que se verifica de fato é um procedimento mais complexo. Desde o começo, o livro chama a atenção pelo modo como apresenta literariamente a realidade através das relações entre a interioridade de Naziazeno e o mundo exterior.

Já na primeira cena com o leiteiro, se nota que a história se subjetiviza segundo a perspectiva do personagem, mediante a narração em estilo indireto livre, que molda o mundo conforme o prisma de quem o vê. A atitude de Naziazeno beira a agressividade, mais acentuada quando desiste do essencial, para se reduzir, impotente, à penúria. Mas sempre revela o movimento de sua vontade: ora assume em si a realidade em torno, subjetivizando-a, ora se projeta sobre ela, autossugestionando-se nos círculos concêntricos da mesma ideia fixa. O fundamental sempre está dado no seu confronto direto com o real.

Ainda que Dyonelio marque a presença de uma espécie de autor implícito, corrigindo a expressão livre do personagem com aspas nos termos que parecem fugir da linguagem esperada, o certo é que se acompanha sobretudo pelo olhar de Naziazeno sua caminhada pela cidade. Esta se mostra, por isso, deformada pela visão subjetiva: imagens alucinatórias ou delirantes correspondem às tensões opressivas que ele experimenta no íntimo e se desenham como figuras refletidas num espelho anamórfico. A *deformação*, categoria central da arte expressionista, torna-se um princípio fundamental da construção do romance. E dela depende em profundidade a configuração do espaço ficcional.

A aventura se passa numa cidade grande já bastante complicada, mas provinciana. A cidade se tornou, como se sabe, o espaço da experiência moderna; entretanto, a formação das grandes cidades brasileiras estava no começo ao tempo dessa história. Outro artista gaúcho, Iberê Camargo, que tem com Dyonelio afinidades na arte da expressão e no sentido da existência como dolorosa caminhada, lembrava como em 1940 Porto Alegre era ainda uma cidade provinciana e conservadora, do ponto de vista dos ideais estéticos modernos.[*] Isso não impediu, no entanto, que o romancista chegasse a uma forma despojada e inovadora do romance urbano entre nós, em parte pelo modo como tratou o seu personagem e o ambiente, inspirando-se provavelmente nas ideias estéticas do expressionismo.

[*] Cf. Iberê Camargo, "Um esboço autobiográfico". In: *Gaveta de guardados*. São Paulo: Edusp, 1998, pp. 172-3.

No romance, a cidade não se apresenta em seu aspecto externo organizado, produto da descrição de um narrador que dela tivesse um completo domínio topográfico; ao contrário, se dá a ver tal como é vivida por dentro, no corpo a corpo do homem com o meio. Vem dramaticamente recortada: nela, os passos de Naziazeno se emaranham, em repetido vaivém da repartição ao centro, na sua errância pelas ruas. Estas raramente têm nomes declarados —Sete, Ladeira, Santa Catarina —, e são poucos os marcos referidos — as docas, o mercado, a Igreja das Dores, o hotel Sperb, o Restaurante dos Operários —, mas esses poucos elementos e outras ruas, praças, avenidas, casas e bancos sem nome criam a atmosfera viva e desconcertante da Porto Alegre da época. Ela pode ameaçar Naziazeno, como um bloco inteiriço ou pelas brechas do tempo que se escoa; por vezes, é o lugar da solidão e da estranheza, da rua que parece outra, do deserto onde ele se perde e sonha em vão com o retorno à casa.

O relato acompanha a odisseia terra a terra do anti-herói, na verdade um homem pobre, não completamente radicado no espaço urbano, pois sente a nostalgia da vida do campo, que ele imagina mais encantadora, farta e melhor do que ela jamais foi. A todo momento, Naziazeno deixa rastros desse sonho idílico que ainda o acompanha. Entretanto, ele erra solitário ao acaso no labirinto das ruas, em busca da pequena quantia que parece cada vez mais impossível de obter à medida que o tempo se esvai e se esgotam os seus pequenos expedientes.

O tempo, que os latinos compararam alguma vez a um rato, rói as horas contra o empenho desse homem perseguido pela própria privação. Ele se entrega à busca sem parada e sem termo, até o regresso à casa, durante a noite, quando, tomado pela ideia fixa, chega a sonhar com os ratos roendo-lhe o dinheiro.

A ironia dessa situação, quando a solução parece avizinhar-se, é um dos aspectos mais impressionantes do livro: os círculos concêntricos vão apertando à medida que o tempo foge, a realidade parece que se enruga contra Naziazeno, cada vez mais inalcançável fica o valor pelo qual ele luta em vão. E o pior é que a constrição se estende do chão material ao mundo interior, e deste de novo se projeta no exterior, numa implacável circularidade.

Às voltas, no círculo

No círculo, que é também a interioridade, os tormentos se multiplicam; aos poucos, os animais invadem, dissimuladamente, o espaço do romance e até o espírito de Naziazeno. Encarnam a angústia de quem se vê encerrado no cerco constrangedor, inexorável, de uma dívida que não se redime nem sequer com o pagamento material, pois é também moral, atingindo a condição mais íntima do ser, encalacrado num trágico isolamento, sem evasão possível.

Um dos maiores acertos artísticos de Dyonelio foi ter encontrado uma imagem analógica, um "correlato objetivo", para o universo emocional de seu personagem, na metáfora animalesca, que dá forma concreta ao drama moral, alastrando-se numa verdadeira cadeia metonímica — os indícios de rato multiplicam-se por toda parte, nos olhares esquivos, nas ações entrecortadas, nos gestos miúdos, nos aspectos do corpo, na cor das vestimentas —, até se configurar como símbolo complexo e aterrador da condição do homem acuado.

O arraigamento desse símbolo poderoso vai mesmo além da linguagem figurada e dos modos de dicção, aprofundando-se na constituição da sintaxe e no movimento do estilo: o próprio discurso mimetiza a figura do rato, torna-se entrecortado, miudinho, entranhando na tessitura fina do texto o gesto do roedor a que se reduz o ato humano da procura e da disputa pelo dinheiro. A progressiva intromissão do reino animal na terra dos homens sugere a rachadura da realidade por onde o grotesco terrível penetra em nosso mundo.

E assim a epopeia rebaixada do cidadão comum que luta pela sobrevivência assume surpreendente dimensão trágica com apoio nas ações diminutas e amesquinhadas em que se fraciona a sua existência. A consequência social e moralmente degradante da opressão material toma corpo na linguagem, de modo que o meio de expressão acaba por espelhar o conteúdo.

O leitor percebe a cada passo entrecortado de Naziazeno o quanto ele é oprimido, o quanto está isolado. O isolamento é reforçado pelo tratamento das ações: elas são o resultado mesquinho, materialmente esfarelado, de uma existência roída pela necessidade até o ponto da inexorabilidade trágica. E o discurso segmentado da narrativa, somado ainda à brevidade dos capítulos, potencia, por fim, a significação da cadeia miúda dos atos, dos indícios de rato por toda parte: fecha-se o cerco sobre Naziazeno, implacavelmente.

Entre a necessidade e o acaso

A situação de penúria relega o ser ao domínio da necessidade bruta; faz dele uma espécie de joguete da sorte. Obrigada pela falta de dinheiro, a existência humana se reduz ao drama básico: a luta desesperada pela sobrevivência. O pobre-diabo só pode encontrar saída por um golpe do acaso. Está condenado de antemão a um jogo perverso: quem nada tem deve arriscar tudo.

A certa altura, Naziazeno perde os cinco mil-réis que consegue com um conhecido para pagar o almoço, ao arriscar a sorte numa roleta clandestina. Ele, que costuma apostar na corrida de cavalos e no bicho, agora põe seu destino em jogo. Ganha mais do que precisa e perde tudo de novo, conforme a lógica a que está obrigado: a roleta se torna uma imagem de sua própria existência, reiterando o círculo onde se acha aprisionado.

Esse lance simbólico deixa-o a sós com seu destino, descartando a solução mágica do problema: é o osso mais duro de roer que sobra por fim. Embora precise de uma quantia irrisória, ao tomar o bonde na periferia da cidade, em busca do centro e do vil metal que tanta falta lhe faz — de vez em quando o sol tomará o aspecto alucinatório de uma moeda em brasa acima do horizonte —, está se sujeitando à experiência radical de buscar o sentido de sua própria existência miserável.

Desamparado num mundo hostil, ele se vê sempre vigiado, ameaçado, como se o espreitassem por toda fresta. É assim com os vizinhos, no começo do livro; depois, com os conhecidos incômodos; por todo lado, está à mercê de "olhos devassadores". E a todo instante sente-se pressionado a esgueirar-se como um rato. Aí se entende que sua busca é também uma tentativa desesperada de evasão: perseguidor forçado, na verdade é um grande perseguido. O jogo apenas configura uma das ilusões de mudança de sua situação encalacrada; enquanto imagem superposta a seu comportamento obsessivo, materializa a perseguição em que é agente e vítima; amplifica a metáfora de sua condição trágica.

O destino em mãos alheias

O círculo infernal de Naziazeno, perdedor nato na roleta da vida, não tem saída. Com sua fraqueza exposta, delega a solução do problema à esperteza alheia; surge então outro rato, cujo focinho, "sereno e atento", não deixa dúvida: está mais adaptado ao mundo de sobras miúdas. Chama-se Duque e já é marcante antes mesmo de aparecer depois da metade do livro. Insinua-se sorrateiro nas primeiras páginas, conduzindo às finais, pois leva ao último logro de que é vítima Naziazeno: resolve seu problema imediato, sem mudar-lhe a condição miserável.

Mas há ratos e ratos; a diferença que o separa do Duque faz dele apenas um joguete na roda do destino, pronto a transferir para mãos mais hábeis e poderosas o domínio de sua própria existência. A disseminação de traços de rato por toda a narrativa completa a saturação do ambiente pela ideia obsedante: o microcosmo atormentado em que se converteu a Porto Alegre de Dyonelio. A cidade deixou de ser um lugar libertário onde múltiplas possibilidades se abrem à escolha do sujeito, para se tornar o espaço fechado da estranheza do mundo, como se fosse a confirmação soturna da noite moral numa gravura de Goeldi.

A força significativa dessa situação é decerto grande e pode ser encarada de diversos ângulos. Um, imediato, é o do contexto histórico-social no momento em que se produz o livro. São os anos que precederam o Estado Novo, e o romance se deixa ler também por esse lado documental, antecipando no cotidiano miúdo dos necessitados, presas fáceis de toda opressão paternalista, a sombra dos anos cinzentos da ditadura de Getúlio, "pai dos pobres". Basta pensar, no entanto, no futuro do país às voltas com uma dívida impagável para perceber como a redução do significado do livro às condições de sua gênese pode ser limitadora, diante do raio de ação da forma simbólica do romance, válida mesmo em contextos diversos dos da sua origem.

A alegoria política é só uma das possibilidades de significado da narrativa. Mais radical é a metáfora da existência degradada pela alienação — apesar do desgaste desse conceito —, pela perda da própria substância humana, que acaba por reduzir o homem à condição inferior, à deformidade social e psicológica, confundindo-o enfim com o animal mais vil.

A fábula circular e persecutória do ser acuado, cuja vigência em nosso tempo, quando a narrativa paranoide vai se tornando a história mais comum de todo dia, tende a se confundir com a situação tipicamente kafkiana: a recorrência da opressão e do constante adiamento que só um ato virtual, inexequível, poderia redimir. É difícil saber o início da presença de Kafka entre os narradores brasileiros — um contista fantástico, Murilo Rubião, cujas afinidades com o autor de *A metamorfose* parecem tão prováveis, afirmava ignorá-lo ainda nos anos 1940 —, e o romance de Dyonelio tem outros lados não kafkianos; paralelo mais evidente se acha entre outros romancistas brasileiros da época.

Os retirantes nordestinos de Graciliano em *Vidas secas*, pressionados pelo sertão esturricado, se encaminham para o sul, a uma cidade grande, com a esperança de redimir os males de sua triste condição; o pobre homem de Dyonelio se debate inutilmente para encontrar uma saída em sua cidade no extremo sul. O romance de 1930 se tornou, entre tantas coisas relevantes, um mapa moral da geografia humana do Brasil.

© Dyonelio Machado, 2022

Todos os direitos desta edição reservados à Todavia.

capa e ilustração de capa
Zansky
composição
Jussara Fino
estabelecimento de texto
Ronald Polito
preparação
Julia de Souza
revisão
Gabriela Rocha
Tomoe Moroizumi

5ª reimpressão, 2024

Dados Internacionais de Catalogação na Publicação (CIP)

Machado, Dyonelio (1895-1985)
Os ratos / Dyonelio Machado ; posfácio Davi
Arrigucci Jr. — 1. ed. — São Paulo : Todavia, 2022.

ISBN 978-65-5692-364-2

1. Literatura brasileira. 2. Romance. 3. Porto Alegre
(RS) — Aspectos sociais — Década de 1930. I. Arrigucci
Jr, Davi. II. Título.

CDD B869.3

Índice para catálogo sistemático:
1. Literatura brasileira : Romance B869.3

Bruna Heller — Bibliotecária — CRB 10/ 2348

todavia
Rua Luís Anhaia, 44
05433.020 São Paulo SP
T. 55 11. 3094 0500
www.todavialivros.com.br

fonte
Register*
papel
Pólen natural 80 g/m²
impressão
Geográfica